Indrikis Harold Martinson

Mein Tanger
Mein Marokko

AF286074

Indrikis Harold Martinson

Mein Tanger
Mein Marokko
Vom Jungen zum jungen Mann

Erlebnisse und Erfahrungen

(Wappen von Tanger)

Ich, als Jugendlicher in Tanger

Herstellung und Verlag: Books on Demand GmbH, Norderstedt

ISBN-13: 978-3-8334-8872-6

Vorwort

Als ich, ein deutsches Kind, mit zehn Jahren nach Tanger kam, wurde ich plötzlich mit einer vollkommen neuen Welt konfrontiert. Meine Entwicklung, meine Gefühle und meine Abenteuer sollen anhand von einzelnen Beispielen Auskunft geben, wie erlebnisreich und emotional ein Aufwachsen in dieser besonderen Umgebung sein kann, wobei alle Schilderungen – und das sei hier nur am Rande erwähnt – dem wahrhaftig Erlebten entsprechen. Die während meiner Reisen durch Marokko erlebten Abenteuer habe ich nur auszugsweise beschrieben, wird es doch manchmal für den Leser nicht einfach sein, mir immer Glauben zu schenken.

Dieses Buch ist kein Reisebericht über das Land Marokko, sondern eine Teilbiografie, die ich meinem leider zu früh verstorbenen Vater, meiner Mutter, meiner Schwester und all denjenigen widme, die ihre unvergessliche Jugend auf einem anderen Kontinent in einer bewegten Zeit erlebt haben. Meiner Frau, meinem Sohn und meiner Tochter möge sie einige meiner Charakterzüge erklären.

Aber auch meine eigenen Erinnerungen sollen der Vergessenheit entrissen werden. Aus diesem Grunde habe ich sie in einem teils naiven und die reinen Tatsachen zum Ausdruck bringenden Stil geschildert.

Inhalt

Die Namen der hier erwähnten Personen wurden aus Gründen der Diskretion geändert, soweit sie nicht historisch belegt sind.

Vom kühlen Norden in die Stadt aus »Tausendundeiner Nacht«

Mein guter Vater, ein aufrichtiger Mann, einfühlsamer Ehemann und ein sehr guter Familienvater, war immer für uns da und erfüllte fast alle unsere Wünsche. Natürlich hatte auch er, wer kann sich davon freisprechen, seine »Schwächen« – aber diese waren sowohl für meine Mutter als auch für meine Schwester unbedeutend. Ich selbst habe diese Schwächen gar nicht bemerkt.

Im Jahre 1946, gleich nach dem Zweiten Weltkrieg, hatte mein Vater die Entscheidung getroffen, nicht gemäß seiner Ausbildung als Anwalt, sondern als selbstständiger Handelsvertreter das große Geld machen zu wollen – hatten doch die Menschen zu jener Zeit ganz andere Sorgen, als Streitigkeiten juristisch auszutragen. Daher erlernte er in einem Mineralölunternehmen mit Hauptsitz in Hamburg das kaufmännische Handwerk.

Vom norddeutschen Lübeck, der bekannten Hansestadt mit dem Holstentor, reiste er dann im Jahre 1956 nach Tanger. Dieser Ort, an der nordafrikanischen Küste, westlich der Straße von Gibraltar und an der Schnittstelle zwischen Atlantischem Ozean und Mittelmeer gelegen (siehe Fotoalbum, Bild 1), zählte damals rund 150.000 Einwohner. Schon bald stellte mein Vater fest, dass die Entscheidung, nach Marokko (Tanger) zu gehen, richtig war. Nur die Familie musste noch nachkommen.

Meine Mutter unternahm von Hamburg aus zunächst einige kurze Flugreisen nach Tanger und zeigte sich von dieser Stadt sofort begeistert: Welch ein bunter Strauß von derart unterschiedlichen Menschen tummelte sich in dieser faszinierenden Stadt. Inder, Europäer mit teilweise dubiosem Hintergrund, Amerikaner und natürlich Araber zierten die Straßen und Straßencafés. Denn hier und in den zahlreichen Nachtbars »traf man sich«, wenn nicht (sowieso schon) auf den regelmäßig stattfindenden Hauspartys.

Die »internationale Zone Tanger«, die von 1923 bis zur Wiedervereinigung und politischen Unabhängigkeit Marokkos im Jahre 1956 aufrechterhalten blieb, bescherte der Stadt nicht nur eine internationale Verwaltung, sondern insofern auch unbeschränkte Steuervorteile. Darin lag sicherlich auch ein Grund, warum Banken, der Geldadel und insbesondere Ganoven aus fast allen vom Zweiten Weltkrieg betroffenen Ländern in dieser Freihandelszone Zuflucht vor den Wirren dieses mörderischen Ereignisses suchten. Tanger erhielt den damals einzigartigen mysteriösen Charakter (wer hatte was, mit welcher Vergangenheit auch immer, wo und wie in Tanger eingebracht?).

Die Begeisterung nicht nur meiner Mutter für diese Stadt war also verständlich. Aber speziell sie fand in Tanger – wie übrigens auch zuvor in Deutschland – sehr schnell das Interesse ihrer Umgebung. Schon in ihrer Jugend war sie aufgrund ihrer Schönheit und ihres ausgeprägten Charmes aufgefallen. Als junge und attraktive Frau, auch als Mutter zweier Kinder, stand sie im Mittelpunkt ihres Freundeskreises und war stets begehrter Gast bei den unzähligen Einladungen.

Die Familie war zu Beginn des Jahres 1958 in Tanger wieder vereint. Meine zwei Jahre ältere Schwester und ich, als damals zehnjähriger Knabe, hatten es in der ersten Zeit einfach: Als »Anhängsel« unserer Eltern genossen wir die Aufmerksamkeit und die Annehmlichkeiten, die deren Freunde und Bekannten uns zollten.

Meine Schwester blieb knapp vier Jahre in Tanger, wo sie die französische Schule besuchte. Mit sechzehn war sie jedoch gezwungen, nach Deutschland zurückzukehren. Sie war zu einem schönen jungen Mädchen herangewachsen (siehe Deckblatt und Bild 2), deren Liebenswürdigkeit ihr Anerkennung und Respekt verlieh. Leider weckten ihre Offenheit und sympathische Ausstrahlung aber auch das Interesse von Vätern, die für ihre Sprösslinge eine adäquate Frau suchten. So musste es unweigerlich eines Tages dazu kommen, dass sie vor einem arabischen Vater, der seinen ältesten Sohn mit ihr vermählen wollte, in Sicherheit gebracht werden musste.

Diese Situation hätte für meine Eltern sehr gefährlich werden können. In den ersten Jahren nach der Eingliederung von

Tanger in den marokkanischen Staat eroberten die reichen und einflussreichen arabischen Familien immer mehr die politische und wirtschaftliche Macht. Ausgerechnet dieser arabische Vater stammte aus einer der einflussreichsten marokkanischen Familien und hätte meinen Eltern, insbesondere meinem Vater, unüberwindliche Schwierigkeiten bereiten können, zum Beispiel durch die Anordnung einer administrativen Boykottierung all seiner Geschäfte.

Seine Entscheidung, seinen Sohn mit meiner Schwester verheiraten zu wollen, hatte er meinen Eltern als Diktat und mit einer für meine Eltern bislang unbekannten Impertinenz vorgetragen. Ein Hochzeitstermin war bereits festgelegt.

Meine Schwester musste daher unverzüglich Tanger verlassen. Sie kehrte nach Deutschland zurück, wo sie von den engsten Freunden meiner Eltern aufgenommen wurde.

Ich selbst war neun Jahre alt, als mir meine Mutter in Lübeck schonend beibrachte, dass ich nun mein Zuhause, meine Freunde und meine Schule verlassen müsste. Übernervös überbrückte ich die Zeit bis zum Abflug, wodurch meine schulischen Leistungen nachließen, waren doch meine Gedanken ganz woanders. Was würde mich dort erwarten, wie würde ich – wenn überhaupt – neue Freundschaften aufbauen können, wie würde ich mich verständigen können, in AFRIKA? Araber wohnten da, sagte mir meine Mutter. Für mich stellte sich nur die Frage, mit welchem Schlag von Menschen ich es dort zu tun bekäme. Meine Angst wurde von meinen Spielkameraden nicht geteilt. Warum auch? Sie blieben ja alle hier! Und deren helle Begeisterung regte mich auf.

Holprige Ankunft, Anfangsschwierig-keiten und erste atemberaubende, faszinierende Momente

Wir flogen zunächst von Hamburg nach Paris und von dort nach Tanger, wo wir nach einem aufregenden Flug landeten: Die »Super Constellation« (siehe Bild 3), eine 4-motorige Propellermaschine der Air France, wurde durch die Turbulenzen auf der gesamten Reise so durchgeschüt-telt und sackte so oft ab, dass die Ste-wardessen keine Getränke und Mahlzei-ten anbieten konnten. Und ich lernte so schon als 10-Jähriger lebensnah Luftlö-cher kennen.

Mein Vater hatte unsere Übersiedlung natürlich langfristig organisiert, aber die »Villa«, in die wir einziehen sollten, war noch nicht ganz fertig. In Tanger wurde jedes fertiggestellte Einfamilienhaus mit Garten »Villa« genannt. Die Steuerge-setzgebung sah vor, dass Eigentümer von nicht fertiggestellten Wohnhäusern keine Grundsteuer zahlen mussten. Es reichte zum Beispiel aus, von der Steuer befreit zu sein, wenn ein Teil des Mauerwerks nicht verputzt und gestrichen war oder in der oberen Etage ein Fenster fehlte. So kann man sich leicht vorstellen, wie die Wohnviertel der rein einheimischen Einwohner aussahen. Wir zogen daher für knapp zwei Monate in ein Hotel, das von einer älteren Schweizerin geleitet wurde. Sie hatte mich gleich in ihr Herz geschlossen und nahm mich zum Einkaufen immer mit. Da sich das Hotel mitten in der Stadt befand, hatte ich das Zentrum bereits nach kurzer Zeit »erschlossen«.

Sich in einem Straßencafé zu treffen war für die in Tanger lebenden Europäer und wohlhabenden Araber zu einer lieben Gewohnheit geworden. Das zunächst von allen und auch von meinen Eltern angesteuerte »Grand Café de Paris« bildete den Treffpunkt vieler interessanter Menschen. Ich saß oftmals still und fasziniert beobachtend neben meinen Eltern und staunte, wie unterschiedlich doch die bunt gekleideten Gäste, die einen Sitzplatz Suchenden und die Flanierenden, die einfach nur vorbeikamen, aussahen. Mein Vater gab dem sehr dunkelhäutigen und bulligen Kellner immer ein großzügiges Trinkgeld. So war es nicht erstaunlich, dass dieser stets versuchte, für uns

– wenn wir denn einen Sitzplatz anstreb-
ten – einen Tisch zu organisieren. Ich
weiß bis heute nicht, was er den Gästen
zuflüsterte, sodass diese bezahlten und
für uns den Tisch frei machten.

Vom Café gingen wir meistens in den
Grand Socco und in den Petit Socco, bei-
des sozusagen die Fußgängerzone der
Altstadt, in der alle denkbaren Läden
oftmals mit nicht mehr als 10 Quadratmetern Fläche ihren täglichen Handel
trieben: Goldschmuck, Parfümessenzen,
Stoffe, Elektroartikel und das, was man
damals »Maroquinerie« nannte: alle
denkbaren Souvenirs aus Leder, wie Sitzkissen, aber auch Teppiche, Leuchter und
Teller aus Messing …

Die Socco-Straßen, wenn man sie denn
so bezeichnen will, denn es handelt sich
eher um sehr enge Gassen, bilden ein
Labyrinth. Im Laufe der Zeit lernt man
aber die Hauptadern und Nebenstränge
kennen, behält Merkpunkte und findet
sich dann zurecht. Das Mystische dieser
Gassen, im Zusammenspiel mit den oft
doch sehr angenehmen Aromen von
Kräutern, Parfüm, Küchengerüchen und

den teils unheimlich wirkenden Vermummten, besteht noch heute.

In einem Basar kauften meine Eltern Teppiche, Sitzkissen und weitere Dekorationsartikel für das nun bald bezugsfertige Haus. Mokhtar, der Eigentümer eines der größten Basare, machte das Geschäft seines Lebens, betrachtete uns als seine Freunde, und ich hatte auch in den Folgejahren im Socco eine Anlaufstelle: Ob ein Glas Pfefferminztee und Gebäck oder ein Erfrischungsgetränk, Mokhtar hieß mich stets willkommen und rühmte sich immer wieder gegenüber seinen Geschäftsnachbarn, ein ausländisches Kind zu kennen, herzlich begrüßen zu können und eine Erwiderung zu erhalten. Es war damals für die Araber schon eine Ehre, Europäer als Freunde zu haben, grenzten sich Letztere doch zunächst strikt von den Einheimischen ab.

Und eine weitere Anlaufstelle gewann ich schnell: Eine von einer Italienerin betriebene Konditorei verkaufte die leckersten »Mille feuilles«, die ich je gegessen habe. Wann immer sie mich beim Vorbeigehen sah, rief sie mich mit dem bekannten italienischen Temperament lauthals hinein und schenkte mir einen »Mille feuilles« (feinste Sahnecreme zwischen dünnsten Blätterteigschichten). Die Konditoreien hatten unter sich einen unausgesprochenen Wettbewerb entfacht, wer denn die besten »Mille feuilles« backen und verkaufen würde, war doch dieser Kuchen der damalige Renner in Tanger.

Die Besitzerin nannte meine Mutter »Gina Lollo« (siehe Bilder 4 und 5). Nach dem Grund befragt, hob sie die nicht nur nach ihrer Meinung große Ähnlichkeit meiner Mutter mit Gina Lollobrigida hervor.

Im Laufe der ersten Wochen lernte ich die gesamte Stadt sehr gut kennen. Ob es sich um den moderneren neuen Teil oder die Altstadt handelte, ich wusste, wo die Straßen hinführten. Ich lernte, wie ich mich in den Gassen zurechtfinden konnte. Dies stärkte mein Selbstbewusstsein, was dringend nötig war, wusste ich doch von meiner Angst, mich nicht ausreichend in eine der in Tanger gängigen Fremdsprachen (Französisch, Spanisch, Englisch und Arabisch) verständlich machen zu können. Da ich mich somit selbstsicher bewegte, sah sich keiner veranlasst, mich anzusprechen. Warum auch, erweckte ich doch den Eindruck, dazuzugehören.

Mario und erste Schreckensmomente

Seit Mai 1958 lebten wir nun in Tanger. Täglich gingen wir in der Strandzeit von Mai bis September an den weiß- und feinkörnigen sehr schönen Sandstrand. Dort baute man keine »Sandburgen« wie an der Nord- oder Ostsee. Die Strandbesucher hielten sich in Balnéaires auf, Einrichtungen, die für jeden Gast eine eigene abschließbare Umkleidekabine und die ganze Palette der Gastronomie zur Verfügung stellten.

Wir gingen immer in den »Sun Beach«, seinerzeit vornehmster und teuerster In-Schuppen, wo sich diejenigen trafen, die rund um Tanger gesellschaftlich mitmischten. Einer von ihnen war Mario, ein muskulöser, gut aussehender Portugiese, Schwarm vieler Frauen. Marios Geschäfte als Handelsvertreter liefen offenbar sehr gut, hatte er doch eine große und schicke Wohnung und in Tanger den einzigen roten Alfa Romeo. Obwohl er sich seines Aussehens bewusst war, spielte er dieses aber nie aus. Auf den Partys meiner Eltern war er Gast, und ich genoss seine Sympathie und Aufmerksamkeit.

Natürlich hielt man sich auch außerhalb der Balnéaires am Strand oder zwischen den Balnéaires auf, oder man spazierte auf der Strandpromenade, die vom Strand kommend über mehrere Treppen (siehe Bild 6) zu erreichen war. In Tanger trugen Männer und Jungen Tangas als Badehosen, so auch ich mit meinen gerade einmal zehn Jahren. Ich kann mich erinnern, dass meine erste Badehose ein blauer Tanga war.

Es war Hochsommer. Nachdem wir uns schon eine geraume Zeit am Strand aufgehalten hatten, wollte ich sehen, ob ein Waffelverkäufer seinen Stand auf der Promenade aufgebaut hatte, und ging die Treppe hoch. Plötzlich hörte ich hinter mir laute Stimmen und drehte mich natürlich neugierig um. Da sah ich Mario im Handgemenge mit einem etwa gleichaltrigen Mann. Als Mario die Oberhand gewann, ging er mit dem Mann im Schwitzkasten die restlichen Stufen der Treppe hinunter. Zu mir sagte er nur in einem bestimmten, aber lieben Ton, ich möge zurück ins Balnéaire gehen. Natürlich widersprach ich nicht, war ich doch noch sehr perplex. Kurze Zeit später beobachtete ich durch das Fenster, wie Mario den anderen Mann mehrfach ohrfeigte und energisch auf ihn einredete. Auch meine Eltern, die ich zu mir ans Fenster rief, sahen dem Geschehen zu. Da Mario Herr der Lage war, bestand für meinen Vater oder anderen Freunden, die auf die Situation aufmerksam wurden, kein Anlass zum Einschreiten. Mario kam dann herein und sprach mit meinen Eltern. Weil ich der französischen Sprache noch nicht mächtig war, verstand ich nichts. Ich bekam nur mit, dass es wohl einen Zusammenhang zwischen mir und diesem Mann gab. Meine Eltern stillten meinen Wissensdurst mit guten Ablenkungsversuchen, die zu ihrem Ziel führten.

Erst am nächsten Tag rief mich meine Mutter zu sich. Sie hatte Plätzchen gebacken und einen Pfefferminztee gekocht. Sie erinnerte mich an die gestrige Situation und sagte, sie wolle mir nun erklären, was da passiert sei.

Mario hatte beobachtet, wie mich der ihm nicht ganz unbekannte Mann schon eine ganze Zeit fixiert hatte und mir gefolgt war, als ich allein die Treppe zur Promenade hochging. Als er nun sah, wie der Mann sich mir mehr und mehr näherte, eilte er diesem hinterher. Mario bemerkte, wie der Mann die Hand ausstreckte, um meine Schulter zu fassen. Da packte er den Mann von hinten und nahm ihn in den Schwitzkasten. Der Mann wollte Kontakt mit mir aufnehmen. Meine Mutter erklärte mir behutsam, dass es Männer gebe, die nur andere Männer und nicht Frauen lieben würden. Viele dieser Männer hätten eine Vorliebe für Knaben, mit denen sie dann »Liebesspiele« treiben würden. Vor Scham traute ich mich nicht, nachzufragen, was denn »Liebesspiele« seien. An diesem Tag nahm ich aber zum ersten Mal wahr, dass Tanger auch eine Hochburg für Homosexuelle war.

Einschulung mit Problemen

Gleich nach unserer Ankunft mussten meine Eltern entscheiden, in welche Schule meine Schwester und ich eingeschrieben werden sollten. Die American School wurde von nur wenigen amerikanischen Schülerinnen und Schülern besucht, nämlich insgesamt um die vierzehn, im Übrigen von Spaniern, Indern, Australiern und noch einigen anderen Nationalitäten. Die Zukunft dieser Einrichtung war demnach ungewiss, denn wie lange würden die Amerikaner eine staatliche Schule mit einer so kleinen rein amerikanischen Beteiligung weiter betreiben? Die staatliche spanische Schule kam nicht in Betracht, wurde doch das sogenannte Bachillerato in Deutschland nicht als gleichwertiger Gymnasialabschluss gewertet. Verblieb noch die staatliche französische Schule, mit dem in Deutschland sogar noch höherwertigeren und anerkannten Abitur, dem Baccalauréat.

Ich wurde somit für das im September beginnende Schuljahr eingeschrieben, musste aber bis dahin jedoch die Unterrichtssprache Französisch verstehen! Zum

Glück gab es da eine private französische Sprachschule, die ich von Mai bis September besuchen sollte. Gut erinnere ich mich noch an die wenig sympathische, ältere französische Lehrerin. Sie mochte mich nicht!

Meine diesbezüglichen Rückmeldungen an meine Eltern wurden als völlig verständliche, vorübergehende Anpassungsschwierigkeiten aufgenommen und nicht weiter verfolgt. Nach etwa zwei Wochen stellten meine Eltern aber fest, dass ich – von Dritten angesprochen – nur in der Lage war, »Bonjour Monsieur«, »Bonjour Madame« und einige Worte wie »Merci« und Zahlen von 1 bis 10 in dieser doch sehr schönen Sprache wiedergeben konnte. Ich entsinne mich noch sehr gut an das Gespräch meiner Eltern mit der Lehrerin. Zwar verstand ich nichts, aber ich erkannte, dass sie mit der Lehrerin erregt stritten. Die verbale Auseinandersetzung wurde so lautstark geführt, dass der Schulleiter hinzukam (oder besser hinzueilte) und zunächst beschwichtigend intervenierte, dann aber mit einem bestimmenden Ton eine »Lösung« des

»Problems« anbot, das von meinen Eltern angenommen wurde.

Das Problem: Die französische Lehrerin war Jüdin, ihre gesamte Familie wurde während des letzten Weltkrieges getötet und zum Teil in Lagern der Nazis umgebracht. Sie hegte einen solch großen Hass auf Deutsche, dass sie mich wegen meiner Herkunft absichtlich nicht unterrichtete. Der Leiter der Schule, ein Franzose, soll sich so ausgedrückt haben: »Eigentlich ein skandalöses Verhalten, aber aus der Sicht der Kollegin eine durchaus nachvollziehbare Begründung ihrer Motive.«

Die Lösung: Ich wurde einer anderen Lehrkraft zugeordnet.

Eigentlich könnten die Ausführungen hier aufhören, wenn nicht ein meine weitere Entwicklung prägendes Ereignis eingetreten wäre. Bei der anderen Lehrkraft handelte es sich um eine junge, bildhübsche, blonde Französin. Sie hieß Françoise und zog sich stets den Temperaturen entsprechend an: locker, großzügig geschnittene Tops und sehr kurze Röcke oder Shorts.

Obwohl ich erst zehn Jahre alt war, faszinierte mich der ewig schöne Anblick und beschleunigte sicherlich auch den Eintritt meiner Pubertät. Bis September hatte ich gewaltige Fortschritte gemacht, zumal ich mich motiviert fühlte, »meiner Schönheit« gute Ergebnisse zu liefern. Ich lernte mehr als gefordert, weil ich insbesondere ihr imponieren wollte.

Für in die französische Schule Einzuschulende gab es die Orientierungsklasse des elsässischen Lehrers Monsieur Collignon (er half mir ungemein, konnte er mir doch einiges auf Deutsch erklären), die ich drei Monate lang besuchte. Danach kam ich in die gleichwertige Klasse, die ich auch in Deutschland besucht hätte, was dazu führte, dass ich für den Übergang von der deutschen in die französische Grundschule über ein Jahr verlor.

Die Zeit in der Grundschule war anstrengend, besaßen doch diejenigen, die die französische Sprache beherrschten, mir gegenüber eindeutige Vorteile. Wir schrieben das erste Diktat, in dem Wörter vorkamen, die ich noch nie gehört hatte, geschweige denn schreiben konnte. Das

Diktat fiel für mich katastrophal aus. Auch das zweite Diktat geriet nicht viel besser. Es sollte noch zwei Monate dauern, bis meine erste »3« den Anfang der Wende signalisierte.

Schon in der Grundschule in Lübeck war Rechnen mein Lieblingsfach gewesen. Das setzte sich in Tanger fort. Ich bekam nur in diesem Fach stets eine »1« und dennoch allemal mehr Selbstvertrauen.

Erstes Zuhause, Freunde und Hexen in Tanger

Meine Eltern kauften in Tanger ein Einfamilienhaus im Stadtteil Beni Makada (siehe Bilder 7 und 8). Hier standen nur schöne Häuser, auf circa 700 bis 900 Quadratmeter großen Grundstücken.

Hundert Meter von uns entfernt wohnte die Familie Kardel (siehe Bild 9: Vater Henneke Kardel). Die zwei hübschen Töchter in meinem Alter waren eine Augenweide; allerdings wurden sie von der Mutter so behütet (oder bewacht?), dass sie nie alleine waren. Selbst beim Spielen im Garten war die Mutter stets zugegen, wohl nicht ohne Grund. Leider verließ die Familie Kardel Tanger früh, bedingt durch eine abenteuerliche und unglaublich skandalöse Geschichte (Siehe hierzu: „Kardel – Das Tuch", Verlag: Doell Edition, November 1982, ISBN 10: 3870830468, ISBN 13: 978-3870830465).

Mit dem schräg gegenüber wohnenden deutschen Ehepaar Albrecht unterhielten meine Eltern freundschaftliche Kontakte, die aber sehr gering ausfielen.

Ich selbst lernte immer mehr gleichaltrige Spanier, Franzosen und Marokkaner aus wohlhabenden Häusern kennen. Mit meinem schicken Fahrrad überall unterwegs war ich als kontaktfreudiger junger Mensch, genannt »L'Allemand« (Der Deutsche), im Stadtteil sehr schnell bekannt. Die zwei Straßen weiter residierende Polizeistation wusste von der gesellschaftlichen Stellung meiner Eltern beziehungsweise von den einflussreichen marokkanischen Freunden. So wurde ich auch dort nett behandelt und schon mal zu einem Glas Pfefferminztee eingeladen. Dies blieb nicht unbemerkt und vermittelte mir natürlich Sicherheit. Später erfuhr ich, dass die dort tätigen Polizeibeamten sicherlich auch ein Eigeninteresse verfolgten, war die Bezugnahme auf freundschaftliche Kontakte mit Ausländern doch fördernd für die berufliche Karriere. Tanger mauserte sich nach seinem internationalen Status – und wer mitreden konnte, profitierte davon.

Unser Gärtner Ahmed zeigte mir im Laufe der nächsten Jahre viel Interessantes in unserem Garten: hochgiftige Skorpione, die sich selbst im Feuerkreis umbrachten,

Tausendfüßler bis zu 20 Zentimeter Länge, unterirdische Ameisengänge und insbesondere giftige Vipern. Diese Giftschlangen verfügen über einen ausgeprägten Fluchtinstinkt und gleichzeitig aber auch Verteidigungswillen. Lässt man sie, Abstand haltend, in Ruhe schlafen, sonnen sie sich behaglich weiter.

Was man aus heimischen Heil- oder Giftpflanzen so machen kann und welche Pflanzen verboten sind (wie auch immer ein Haschisch-Samenkorn in unseren Garten gekommen und zu einer ausgereiften Pflanze gewachsen ist?), zeigte er mir so fachmännisch, dass ein Nachmachen für mich völlig unmöglich war.

Unsere Raumpflegerin und Köchin Aïscha war eine Frau von ungefähr fünfundvierzig Jahren. Sie liebte mich in ihrer Art abgöttisch, war ich doch immer sehr aufmerksam und sehr nett zu ihr. Ist das etwas Besonderes? Nein, bestimmt nicht! Aber ich diskutierte mit ihr, was offenbar ungewöhnlich war: Hausangestellten gab man nur Weisungen. Gespräche, insbesondere über private Themen, waren tabu. Meine Aufmerksamkeit erstreckte sich ihr gegenüber aber auf Konversation. Ich sprach mit ihr auch über die spannenden Dinge des Lebens, bekam sie doch auch die Spuren meiner Phasen der sexuellen Reifung mit. Sie selbst konnte keine Kinder bekommen. Vielleicht sah sie mich als Ersatzsohn an?

Schnell bekam ich weitere Freunde und Freundinnen, die in anderen Stadtteilen oder im Stadtzentrum wohnten, so dass die gesamte Stadt, damals noch überschaubar, mein Revier wurde. Ich kannte mich sehr gut aus und konnte stolz auf meinen Orientierungssinn sein, insbesondere innerhalb der von uns oft aufgesuchten Medina (Altstadt). Die Gassen und Gässchen führten mich und meine Freunde immer zu einem Bäcker, der die größten und günstigsten Waffeln herstellte. Für nur wenige Cent bekamen wir schmackhafte Backwerke in Form von Fächern und anderen fantasievollen Gebilden. Abenteuerlich wurde es, wenn wir am Türeingang der sogenannten »Brujas« (Hexen) vorbeikamen – da war der Drang, hineinzugehen und zu sehen, doch gewaltig. Die »Brujas« verkörperten für uns damals nur unheimliche Kräutermischerinnen. In Wirklichkeit verbargen sich dahinter nicht zugelassene Heilerinnen und Giftmischerinnen: Aphrodisische Wirkungen, Pheromone in jeglicher Konstellation, auf die Psyche einwirkende Kräuter und sonstige »Hexenkräuter« waren ihr Gebiet. Da sie die Öffentlichkeit scheuten, verjagten sie uns, um auch gegebenenfalls Kunden oder Kundinnen durch neugierige Kinder nicht zu verlieren.

Schwierige, aber mit Bravour gemeisterte Schulzeit

Im Laufe der Zeit gewann ich – auch in der Schule – immer mehr Selbstbewusstsein. Ich erinnere mich noch gut an eine Situation, die mich viel lernen ließ. Ich besuchte, nun regulär eingeschult, die französische staatliche Grundschule Ecole Berchet. Meine Mutter hatte mir aus Deutschland, wohin sie für einige Tage geflogen war, eine schwarze Jeanshose mitgebracht. Die zwei Gesäßtaschen waren jeweils mit einem auffälligen gelben dicken Reißverschluss versehen. Ich wollte die Hose nicht anziehen, zog sie doch die Blicke aufs Hinterteil. Doch der elterliche Druck siegte, und ich ging in die Schule, an den Wänden entlangschleichend, bis in den Klassenraum. Ich genierte mich dermaßen, dass ich in der Pause nur angelehnt an dem nächsten ersten Pfeiler zum Klassenzimmer stand und als Letzter in dieses zurückkehrte. Alle meine Bemühungen, die gelben Reißverschlüsse nicht zu zeigen, mussten aber letztlich scheitern. Und so war es auch!

Klassenkameradinnen und Klassenkameraden fanden die Hose zu meinem Er-
staunen offenbar nur schick! Sie fragten
mich, wo ich sie denn gekauft hätte. Sie
wollten sich ebenfalls eine solche Hose
zulegen! Mit keinem Wort sprachen sie
die Auffälligkeit an oder mokierten sich
darüber.

Bedingt durch die dennoch vorhandenen
Sprachdefizite gab ich mir sehr viel Mühe,
ein guter Schüler zu sein. Als einziger
Deutscher stand ich auch irgendwie immer im Mittelpunkt und wurde von den
Lehrern mehr als andere herangenom-
men. Diese Zwänge formten mich zu einem sehr guten Schüler, was ich vorher
in Lübeck nicht gewesen war.

Natürlich prügelten wir uns auch, entwe-
der in einer nicht einsehbaren Ecke des
Schulhofs oder auch vor der Schule. Es
begann, wie immer, mit einer kleinen
verbalen Auseinandersetzung, gefolgt von
Rangeleien am Boden. Ein spanischer
Schüler mit sehr kurz geschnittenem
Haar – so wirkte er zumindest für uns
gefährlicher, als er es tatsächlich war –
hatte bislang den Ton angegeben. Mit

diesem Spanier geriet ich eines Tages vor den Türen der Schule in eine handfeste Auseinandersetzung. Wir rauften uns am Boden. Ich bekam – welch ein Glück! – die Oberhand und drehte ihm seinen Arm auf den Rücken, so dass er sich nicht mehr bewegen konnte. Diesen Zustand hielt ich einige Zeit aufrecht, um allen Herumstehenden zu zeigen, wer hier der Stärkere war. Seine Zustimmung zu meiner Frage, ob er sich ergeben wolle, bedeutete dann das Ende seiner Vorherrschaft – und den Beginn meiner. Dieses erste Gefühl der Macht war angenehm. Ich nutzte diese Stellung in der Folge auch gezielt aus, um mit dem gewonnenen Respekt zum Beispiel andere Raufereien zu beenden oder stillschweigend die schönsten Sitzplätze einnehmen zu können, selbst wenn diese schon belegt waren. Die Zeit in der Grundschule hat mich sehr geprägt!

Nun ging es noch darum, die damals für französische Schulen im Ausland vorgesehene Aufnahmeprüfung für das Gymnasium zu bestehen. Es handelte sich um schriftliche Arbeiten in den Fächern Mathematik und Französisch. Rechnen war, wie erwähnt, schon in der Grundschule in Lübeck meine besondere Stärke gewesen. Hier hatte ich keinerlei Probleme. Ein wenig Angst machten mir aber das Diktat und der Aufsatz. Der natürlich unbekannte Text barg einige Schwierigkeiten, die ich aber ausreichend gut meistern konnte. Das Thema des Aufsatzes »Wie kann ich als Schüler schwächeren Schülern helfen« lag mir, und so bestand ich im Ergebnis die Eignungsprüfung, den »Concours d'accès«, mit Bravour. Sieben Jahre Gymnasium standen mir nun bis zum Abitur bevor.

Das Lycée Regnault war ein koedukativ ausgerichtetes Gymnasium, das äußerst streng geleitet wurde. Zum Schulbeginn Mitte September traf ich zwar viele meiner Kameradinnen und Kameraden wieder, die neue Umgebung, die älteren (und stärkeren) Gymnasiastinnen und Gymnasiasten und die neuen Lehrkräfte vermittelten aber zunächst großes Unbehagen. Wie in anderen Lebenssituationen auch legte sich dieses Unbehagen allerdings im Laufe der Tage, je vertrauter ich mit diesem neuen Schulleben wurde.

Auch hier war ich der einzige deutsche Schüler. Die Erwartungen meiner neuen Lehrer an meine Leistungen wurden von diesen unverhohlen geäußert, kannten doch einige Lehrer meine Eltern. Genauso verhielt es sich mit der Erwartungshaltung meiner Eltern. Ich denke, diese Zwänge ließen mich zu einem sehr guten Schüler werden. Schnell hatte ich herausgefunden, dass aufmerksames Zuhören das Mittel zum Ziel war. Mein Ziel bestand darin, die auf den bereits vermittelten Stoff aufbauenden Hausaufgaben so gut wie möglich und tunlichst schnell zu erledigen, um so zum einen gute Ergebnisse zu erzielen und zum anderen viel Freizeit zu haben.

In dem damaligen französischen Schulsystem wurden in jeder Jahrgangsstufe regelmäßig sowohl angekündigte als auch unangekündigte Klassenarbeiten geschrieben, und das in allen Fächern. Die in jedem Unterrichtsfach erzielten Zensuren aller Klausuren wurden addiert und ein Jahresdurchschnitt errechnet. In Tanger wurden die besten vier Ergebnishalter innerhalb eines jeden Fachs dann am Ende des Schuljahrs im Rahmen einer großen Schulfeier durch den französischen Generalkonsul, den marokkanischen Gouverneur der Stadt Tanger und den Direktor des Gymnasiums geehrt. Hierbei wurde man aus dem Pulk aller Schülerinnen und Schüler namentlich aufgerufen, um sich zu dem Gratulierenden zu begeben, der dann feierlich ein Buchpräsent und ein Zertifikat über den 1. oder 2. Preis beziehungsweise den 1. oder 2. Anwartschaftspreis überreichte. Was waren meine Eltern stolz, mich Jahr für Jahr während der ganzen gymnasialen Ausbildung mehrfach die Podiumstreppe hinaufschreiten zu sehen, einen der vorgenannten Preise in Empfang nehmend (siehe Bilder 10a und 10b).

Jean-Paul, erste Liebe mit Miki und eine Vaterschaft

Ich war vierzehn, als Sylvano, ein belgischer Mitarbeiter meines Vaters, kündigte und Leiter des Reitstalls im Club Méditerranée in Tanger wurde. Über Sylvano bekam ich, zwischenzeitlich Besitzer eines kleinen, schnittigen Mopeds (siehe Bild 11), einen Einlassausweis für den Club, der ansonsten generell für Einwohner Tangers nicht zugänglich war. Dieser Club unterhielt eine wunderschöne, streng gesicherte Anlage, die Sonnenanbeterinnen »oben ohne« waren nur hier am abgesperrten Strand zu sehen.

Sylvano brachte mir das Reiten bei. Nach zwei Wochen Reitunterricht in den Osterferien ritten wir in Richtung Beni Makada zu unserem Haus. Es war ein aufregender, durch kleine Bäche führender zweistündiger Ritt. Meine Mutter bereitete uns ein zweites Frühstück zu. Als es zu regnen begann, stellte Sylvano die zwei Pferde in die Garage. Ein Bild, das weder meine Mutter noch ich jemals vergessen werden. Mein Hund »Biche« (siehe Bild

12) war so perplex, dass er sich verkroch!

Gleiches gilt für ein Frühstück, das Sylvano meinen Eltern und mir vor den Pferdeboxen zubereitete. Wir saßen beim Frühstück, während die Pferde uns aus den Boxenfenstern heraus betrachteten.

Im Club lernte ich Jean-Paul kennen, mit dem sich in der Folge eine Freundschaft entwickelte. Er war der Sohn des Direktors des damals schönsten, im maurischen Stil gehaltenen Hotels in Tanger. Es lag mitten in der Stadt und strahlte einen so großen Charme aus, dass selbst der Sultan von Marokko und spätere König Mohammed V. dort anlässlich seiner Besuche in Tanger verweilte.

Jahre später baute sich die königliche Familie einen eigenen Palast, mit Blick auf die Straße von Gibraltar. Natürlich verfügte auch Jean-Paul bzw. sein Vater (denn wer den König beherbergt, hatte logischerweise auch die notwendigen Beziehungen) über eine dauerhafte Einlasskarte für den Club.

Jean-Paul ging in Frankreich zur Schule; dann wohnte er bei seinem Onkel, denn die Position seines Vaters als Hoteldirektor in Tanger war keine dauerhafte. Daher sollte er an einem Gymnasium seine schulische Ausbildung erhalten und nicht von Schule zu Schule ziehen müssen.

Während seiner Ferienaufenthalte in Tanger hielt ich mich ab und zu bei ihm im Hotel auf: Wir genossen den Swimmingpool und das Restaurant, wo alles für mich natürlich gratis war. Als eine Art Gegenleistung lud ich Jean-Paul oft auf ein Eis oder eine Cola ein. Viel mehr profitierte er aber von meinen Beziehungen und Freundschaften.

Zwischenzeitlich waren wir von Beni Makada in eine 220 Quadratmeter große Wohnung in der Innenstadt gezogen, die zwei Ebenen aufwies und über 300 Quadratmeter große Dachterrassen verfügte. Die Schlafzimmer befanden sich auf deren Ebene.

Meine Klassenkameradin Miki, eine hübsche, schwarzhaarige Spanierin in meinem Alter, hatte Niveau und Fantasie. Sie war ein kluges Mädchen und gleich im ersten Schuljahr meine Stuhlnachbarin. Es war Frühsommer und schon recht warm. Miki kam zu mir, weil wir gemeinsam Hausaufgaben machen wollten. Nur mit einem leichten Top und engen, sehr kurzen Hosen bekleidet fing sie schon bald an, mich zu streicheln und zu küssen, sich und mich auszuziehen. Ich war mir so unsicher, kannte ich doch bis dahin noch nicht die natürlichen Reaktionen eines Liebesspiels. Sie verführte mich nach Strich und Faden. Im Gespräch danach erklärte sie mir, dass es auch für sie das erste Mal gewesen sei und sie sich nur von ihrem Instinkt habe treiben lassen. Sie erklärte mir ihre Liebe, ich ihr meine, und in der Folgezeit entdeckten wir viele spannende Gestaltungsmöglichkeiten körperlicher Zärtlichkeit.

Eine erste Liebe muss nicht unbedingt Bestand haben. Wir trennten uns nach einiger Zeit, aber nur als Liebespaar. Unsere tiefe Freundschaft hielt noch Jahre an: Wir standen täglich während der Pausen zusammen und gehörten einer festen Clique an.

Anlässlich meines fünfzehnten Geburtstages gab ich auf einer der Dachterrassen eine »Surprise-Party«. So nannten die Franzosen Feiern, bei denen man sich kennenlernte, tanzte, sich unterhielt und kleine Snacks und Getränke gereicht wurden. Jean-Paul und Miki befanden sich unter meinen Gästen. Beide kamen auf mich zu und fragten, ob ich ihnen nicht den Schlüssel zu einer leer stehenden Wohnung geben könnte. Alle dreißig Wohnungen des fünfstöckigen Hauses gehörten Albert Grebler, einem sehr reichen Schweizer. Meine Mutter war damals Geschäftsführerin der Haus- und Wohnungsverwaltung, deren Geschäftsräume sich in der ersten Etage befanden, und hatte somit Zugriff auf sämtliche Wohnungsschlüssel.

Natürlich war es ein sehr großer Fehler, und obendrein ein arger Vertrauensmissbrauch gegenüber meiner Mutter, als ich mir den Schlüssel zu den Geschäftsräumen und dort den Schlüssel einer leer stehenden Wohnung besorgte. Miki und Jean-Paul liebten sich und »gingen« zusammen bis zu seiner Abreise nach

Frankreich – musste auch er doch wieder die Schule besuchen.

Kurz vor den Weihnachtsferien, ich besuchte gerade eine Vorlesung der Geografielehrerin, holte mich der stellvertretende Schulleiter aus dem Unterricht. Er befahl mir mitzukommen, ohne auch nur ein Wort über den Grund dieser Aktion zu verlieren. Im geräumigen Zimmer des Direktors saß Miki in Begleitung ihres Vaters und ihrer Mutter. Sie weinte und sah mich Hilfe suchend an. Die Situation überforderte mich, wusste ich doch immer noch nicht, was sich hier abspielte. Zuerst holte mich der stellvertretende Direktor aus dem Unterricht mit finsterer Mine, ohne auch nur ein Wort zu sagen. Nun sah ich Miki im Zimmer des Direktors, das von Schülern nie betreten wurde. Einen Direktor mit versteinertem Gesicht, Miki weinend und ihre Eltern in aggressiver Haltung.

Miki war – was sie mir trotz unseres bestehenden Vertrauens verschwiegen hatte – im vierten Monat schwanger. Mit der Zeit hatte sie die Schwangerschaft gegenüber ihrer sich auch um das Wäschewaschen kümmernden Mutter nicht mehr verbergen können. Da ich als »der Freund von Miki« galt, Miki aber ihren Eltern den Namen des Erzeugers nicht bestätigen oder preisgeben wollte, zerrten die Eltern Miki im ersten dramatischen Durcheinander der Situation zum Direktor – im Glauben, ich sei der Erzeuger des Kindes. Die Eltern sahen in der Schule einen mich und ihre Tochter betreffenden gemeinsamen Nenner, den sie nutzen wollten, um die Sache aufzuklären.

Konfrontiert mit den Fakten entwickelte ich wohl zum ersten Mal eine Fähigkeit, dramatische Situationen sekundenschnell ergebnisorientiert zu durchdenken. Diese Fähigkeit sollte mir im Laufe meines Lebens noch oft sehr helfen. Ich musste mithin die Situation zunächst überschauen, also Fakten sammeln und diese verstehen, sodann versuchen, die Lage zu beherrschen und eine für alle Beteiligten überzeugende Lösung zu finden. Ich bat den Direktor, mich mit Miki kurz im Vorzimmer austauschen zu dürfen, ein Vorschlag, der sofort akzeptiert wurde, konnte das Ergebnis doch insbesondere für ihn nur hilfreich sein. Im Vorzimmer erklärte mir Miki, dass sie anlässlich meines Geburtstages und in den Tagen danach bis zu seiner Abreise mit Jean-Paul mehrmals geschlafen, danach aber keinen einzigen sexuellen Kontakt mit anderen Jungen gehabt hätte.

Auf meinen Rat hin wollte Miki die Wahrheit sagen, denn die Wahrheit würde so oder so herauskommen. Sie versicherte ihren Eltern und der Schulleitung, dass sie zwar eine Freundschaft mit mir unterhalte, der »Vater« des Kindes aber ein anderer sei. Sie wolle den Namen ihren Eltern sagen, aber nicht jetzt und hier in der Schule.

Kaum hörte Mikis Vater, wer für diesen in seinen Augen »Skandal« verantwortlich war, begab er sich zu Jean-Pauls Vater ins Hotel. Ich kann mir gut vorstellen, welches Gesicht Letzterer gemacht haben muss. Er war ein erfolgreicher Hoteldirektor, autoritär und überproportional arrogant, verwarf einfach die Anschuldigungen und schmiss Mikis Vater kurzerhand hinaus. Jean-Pauls Vater wusste, dass er etwas unternehmen musste, denn Ruhe würde Mikis Vater nicht geben.

Die Aufenthalte des marokkanischen Königshauses im Hotel wurden natürlich minutiös vorbereitet. Da Jean-Pauls Vater persönlich die Gesamtverantwortung innehatte, musste er Details mit Ministern und Staatssekretären, mit dem Gouverneur und dem Polizeichef von Tanger und weiteren hochgestellten Beamten absprechen. Er unterhielt sehr gute Beziehungen zum Polizeichef von Tanger. Als dieser am selben Tag Mikis Eltern aufsuchte, „klärte" sich alles in kürzester Zeit: Sollte ihr Vater wegen „falscher" Anschuldigung nicht ins Gefängnis gehen und sonstige Maßnahmen auch gegenüber Miki vermeiden wollen, dann durfte er kein Wort mehr über den Vater des Kindes verlieren. Außerdem wurde ein Verbot, das Hotel aufzusuchen und irgendein Mitglied der Familie des Hotelbesitzers anzusprechen, bei Androhung höchster Strafe vom Polizeichef persönlich ausgesprochen. Mikis Vater wusste, dass er keine Wahl hatte. Er befolgte die Auflagen.

Miki verblieb in der Folgezeit bei Familienangehörigen in Spanien. Ich sah sie erst wieder, als ihre Tochter zwei Jahre alt war. Ein Mädel, das in jeder Fernseh-

werbung hätte auftreten können, so niedlich, natürlich, aufgeweckt und fotogen
erschien sie. Im Übrigen hatte sie für alle
auf dem ersten Blick erkennbar äußerst
ausgeprägt das Gesicht ihres natürlichen
Vaters Jean-Paul. Miki heiratete wenig
später einen Spanier, mit dem sie aber
keine glückliche Ehe führte. Das waren
die letzten Nachrichten, die ich von ihr
hörte. Ihre Spur verlief sich dann leider
völlig.

»Prägende Erfahrungen«

Der sehr lange Strand von Tanger, von der Stadtverwaltung stets sauber gehalten, zog viele Touristen an. Strandzeit war, wie schon gesagt, von Mai bis Ende September. Ich ging jeden Tag mit meinen Freunden und Freundinnen dorthin. Wir Jungen wetteiferten, wer die stärksten Muskeln hatte, und entwickelten einen Körperkult. Es gab verschiedene Fitness- und Bodybuilding-Center; ich ging zu einem Franzosen, der auch als Physiotherapeut tätig war. Jeder Besucher, ob männlich oder weiblich, bekam ein individuell auf seine Bedürfnisse und Wünsche abgestelltes Fitnessprogramm vermittelt, das er abarbeiten musste. Eine Aufsicht suchte man im großen Fitnessraum allerdings vergeblich. Sonnabends konnte man schon ab neun Uhr trainieren. Da der Raum zu dieser frühen Stunde fast immer leer blieb, stand ich daher jeden Samstag pünktlich um neun Uhr auf der Matte. Nach fünf Monaten konnte ich als 15-Jähriger schon stattliche Ergebnisse feststellen.

Es war an einem verregneten Sonnabend, als eine junge muskulöse Frau, die ich bislang dort noch nie gesehen hatte, bereits trainierte. Sie sah in ihrem Bikinihöschen und weit ausgeschnittenen Top sehr erotisch aus. Ich lag auf der Hantelbank und stemmte gerade eine Hantelstange. Ohne dass ich es bemerkte, kam sie zu mir und kniete vor der Hantelbank. Mit einer Hand drückte sie sanft auf meinen Brustkorb, die andere Hand schob sie in meine Badehose. Ihre einzigen Worte lauteten: »Schließ die Augen«.

Im Fitnesscenter sah ich sie nur noch ein Mal wieder, obwohl ich in den folgenden Wochen sonnabends regelmäßig punkt neun Uhr auf der Hantelbank lag, eine Hantelstange stemmte und hoffte.

Diese Erfahrung war für mich prägend, dachte ich doch, nun fast alles zu wissen, was ein Mann über Sex wissen muss.

Von diesem Erlebnis erzählte ich auch Jacques. Er war Jude, in Tanger geboren und einer meiner besten Klassenkameraden, mit dem ich viel unternommen habe. Seine Eltern hatten ihm zwar verboten, mit mir zu verkehren – war ich doch Deutscher und möglicherweise ein Kind ehemaliger Nazis, die in Tanger Zuflucht suchten –, doch Jacques widersetzte sich, was seine Eltern nie erfahren sollten.

Jacques sprach im Gegensatz zu mir fließend Arabisch. Schulsprache war Französisch, während als Fremdsprachen Englisch und Spanisch angeboten wurden, in der gymnasialen Oberstufe auch Deutsch (offenbar ein vom damaligen deutschen Bundeskanzler Adenauer und französischen Präsidenten Charles de Gaulle erarbeitetes Ergebnis der neuen »deutsch-französischen Freundschaft«). Wir kämmten die kleinsten Gassen durch, bewunderten kleinste handwerkliche Betriebe, kosteten von frisch Gebackenem, das ausschließlich für die Ärmsten der Stadt zum Kauf bestimmt war. Wir schlossen auch Freundschaft mit jungen muslimischen Marokkanern unseres Alters, natürlich nicht ohne Hintergedanken. Diese jungen Marokkaner, die ärmlich wohnten und dürftig ausgestattete Schulen besuchten, waren stolz, selbst gut situierte Europäer zu kennen (Jacques hat sich nie als französischer Jude zu erkennen gegeben, waren doch Juden zwar akzeptiert, aber nicht immer respektiert). Sie stellten unsere Garantie für ein unbehelligtes Verbleiben in den eigentlich für Ausländer, ob jung oder alt, nicht geeigneten Stadtvierteln dar.

Dort lernte ich auch Mustapha kennen, einen sehr gut aussehenden Marokkaner von achtzehn Jahren. Seine schneeweißen Zähne standen in Reih und Glied, und da er dauernd lachte, kamen sie immer zur Geltung. Mustapha konnte perfekt Arabisch und Spanisch lesen und schreiben. Er beabsichtigte, in Spanien zu studieren. Das Geld dafür wollte er sich als Touristenführer in Tanger zusammensparen. Schnell hatte er mitbekommen, dass er als freundlicher Touristenführer insbesondere bei alleinreisenden jungen Ausländerinnen mit seinem Witz und gutem Aussehen ankam, und ließ sich seine besonderen Dienste im Hotelzimmer auch gut bezahlen.

Ich erinnere mich, dass ich mich aufgrund seiner Erzählungen für die jungen Europäerinneren schämte und oft mit ihm sein – in meinen Augen verwerfliches – Handeln thematisierte, scherte er doch manchmal alle Europäerinnen über einen Kamm. Mit viel Ruhe und Überzeugung erläuterte er mir, dass für ihn, wie für jeden anderen armen Marokkaner, keinerlei Perspektiven erkennbar seien, der Armut zu entkommen. Nur mit Geld könnten sich arme Marokkaner Arbeitsmöglichkeiten oder Bildung erkaufen. Woher also das Geld nehmen, wenn keines da ist? Daher sei jeder legale Weg legitim! Und sein Weg mache ihm Spaß!

Mustapha hat – wie ich Jahre später erfuhr – in Spanien Tourismus studiert und ein kleines Hotel am Mittelmeer in der Nähe von Malaga übernommen.

Der Mord an Jacqueline – und ich unter Tatverdacht

Tanger war nach dem Zweiten Weltkrieg Tummelplatz für (Ex-)Spione, Geldmagnaten, Künstler und Verbrecher. In den Fünfzigerjahren stabilisierte sich die Gesellschaft, alles begann sich peu à peu zu normalisieren.

Ich erinnere mich sehr gut, als mein Vater mir ein Nachtlokal zeigte, wo sich zugleich auch Menschenhändler trafen. Mit meinen zehn Jahren konnte ich mir damals zwar nicht richtig vorstellen, warum junge Mädchen »verkauft« würden, aber es war für mich insbesondere sehr unheimlich zu wissen, dass die rabiat aussehenden Männer wohl irgendwelche Waffen bei sich trugen.

Zwei Jahre später, zu Beginn des Jahres 1960, waren all diese äußerst gefährlichen Machenschaften so gut wie verschwunden. Sehr viel später erfuhr ich, dass Beirut im Libanon die Eldoradoverhältnisse von Tanger übernommen hatte. Die zahlreichen Nachtbars, Gaststätten und Straßencafés blieben Tanger aber erhalten. Und wechselte der Inhaber einmal, so wurden aus Nachtbars seriöse Diskotheken, die im Verlauf der nächsten Jahre immer beliebter wurden, und zwar bei Alt und Jung. Effektive Alterskontrollen gab es nicht: Könnte der Gast bei allem Wohlwollen sechzehn Jahre alt sein, verwehrte man ihm nicht den Eintritt.

Einige Hotelinhaber hatten die Zeichen der Zeit erkannt und richteten in ihrem Hotel eine Nachtbar ein. Die Insider in Tanger strömten in die Nachtbar von Michael Zante im Hotel Zante, der Geheimtipp schlechthin. Das ganze Lokal war in blauem und rotem Licht ausgeleuchtet, rund um die lange Theke gab es zahlreiche Tische in Nischen, so dass man sich stets unbeobachtet fühlte. Mittig im Raum lag eine runde Tanzpiste. Michael Zante, ein Engländer, verfügte stets über die neueste Musik; er war es, der in Tanger alle bekannten Songs der Beatles und der Rolling Stones spielen ließ, später auch noch alle weiteren amerikanischen und europäischen Hits. So ist es nicht verwunderlich, dass seine Nachtbar großen Zuspruch erhielt. Nun waren die Getränke in dieser Bar nicht für wenig Geld zu bekommen; daher besuchte ich sie mit meiner Clique nicht sehr oft. Stattdessen tanzten wir ab im »Whisky a gogo« oder später in der neuen Disko »007«.

Michael Zante kannten wir: Er fuhr ein schnittiges rotes Cabriolet und hatte immer gut aussehende junge Männer im Wagen. Er war homosexuell, belästigte aber nie – nicht einmal ansatzweise – irgendeinen seiner jungen männlichen Gäste.

Ich war sechzehn und im Fach Sport sehr aktiv. In meiner Klasse befand sich auch Jacqueline, eine sympathische Französin mit sehr muskulösem Körper, trainierte sie doch nach der Schule täglich im Fitnesscenter. Ihre Nettigkeit half ihr aber wenig, denn ihre überproportional große Nase und weitere unvorteilhafte Gesichtszüge ließen sie nicht gerade hübsch erscheinen. Aus purem Mitleid und im Rahmen meiner Möglichkeiten integrierte ich sie, wo ich nur konnte. Schüler wie Lehrer, Bekannte wie Freunde wussten, dass ich mit Jacqueline kameradschaftliche Beziehungen unterhielt.

Eines Tages, genauer gesagt an einem Samstagabend, kam ich nach Hause und fand vor der Haustür aufgeregte Bewohner und zwei in der Nähe wohnende Schulfreunde vor. Sie stürzten sich auf mich und riefen wirr durcheinander, dass das Überfallkommando der Polizei und zwei Kriminalbeamte hier gewesen seien, um mich zu verhaften. Ich sollte sofort zur Kriminalpolizei kommen. Kaum waren diese Worte gefallen, bog ein Polizeiwagen in die Straße. Zwei Polizisten kamen auf mich zu und fragten nach meinem Namen. Obwohl sehr höflich und zurückhaltend, zeigten sie mir verbindlich an, dass ich sie begleiten sollte. Im Kommissariat angekommen spürte ich großes Unbehagen. Zwei uniformierte Polizeibeamte rahmten mich im Flur ein und wichen nicht einen Zentimeter von meiner Seite. Ich wollte ja gar nicht fliehen, aber selbst wenn ich es versucht hätte, wäre es ein schier unmögliches Unterfangen gewesen.

Nach einer halben Stunde Wartezeit wurde ich schließlich in ein Dienstzimmer geführt. In dem Raum warteten zwei Kriminalbeamte, zwei Wachen und eine

Protokollführerin auf mich. Der ältere Kommissar, der vermutlich die Vernehmung leiten sollte, saß hinter einem langen Tisch und las in einer vor ihm liegenden Akte.

Ohne mir in die Augen zu sehen, sagte er mit leiser und monotoner Stimme: »Sie werden beschuldigt, Fräulein Jacqueline E. in der Nacht vom Freitag auf Samstag ermordet zu haben.«

Totenstille, nicht nur im Raum, sondern auch in mir. Ich werde von der Polizei beschuldigt? Quatsch! Jacqueline ist tot? Ermordet? Quatsch! War ich doch noch gestern, Freitag, gegen zwanzig Uhr mit ihr im Café de la Poste gewesen, bevor ich mich mit den Organisatoren einer geplanten Stadtrallye getroffen hatte, die ich mit einer Super-8-Filmkamera aufnehmen sollte!

Jacqueline ermordet? Ist doch gar nicht möglich!

Der Hauptkommissar wiederholte mit gleicher monotoner Stimme die Beschuldigung, ohne mir auch nur den Hauch einer Frage zuzubilligen. »Wo waren Sie gestern zwischen zweiundzwanzig und vierundzwanzig Uhr?«, kam es wie aus einer Pistole geschossen aus dem Munde des anderen Kommissars.

Die Ermittlungen hatten ergeben, dass der Mord zwischen zweiundzwanzig und vierundzwanzig Uhr stattgefunden haben muss, was ich natürlich nicht wusste. Bekannte und Familienangehörige hatten Jacqueline kurz vor zweiundzwanzig Uhr noch gesehen, ihre Leiche wurde von ihrer Cousine um Mitternacht entdeckt.

Der Hauptkommissar, ein Spanier, kannte mich vom Ansehen und hatte wohl auch schon einmal mit meinen Eltern anlässlich einer Feier geplaudert. Als ich die Namen der Organisatoren der Rallye aufzählte, mit denen ich bis in die Nacht hinein zusammen war, glaubte ich eine Erleichterung in seinem Gesicht zu erkennen. Sofort schickte er mehrere Beamte los, um diese Zeugen zu befragen zwecks Bestätigung meines Alibis. Nach einer Stunde konnte ich nach Hause gehen.

Jacqueline ermordet? Ich konnte es noch nicht fassen. Als ich im Kommissariat wartete, konnte ich aus den Gesprächen der Beamten heraushören, dass Jacqueline mit dem Mörder gekämpft haben muss, bevor er ihr offenbar mehrfach mit einem Schraubenzieher ins Herz gestochen hatte. Der Mörder schien wohl auch einen schweren Manschettenknopf aus Massivgold beim Kampf mit Jacqueline verloren zu haben.

Das Hotel Zante in Tanger war eine bekannte Adresse in einschlägigen Kreisen, insbesondere in England. Wer als Hotelgast kam und den Wunsch äußerte, einen hübschen jungen und bereiten Begleiter an die Seite gestellt zu bekommen, dessen Wunsch wurde erfüllt. Immer! Gäste waren einfach nur Homosexuelle, einige davon von herausragender gesellschaftlicher Stellung in ihrem Heimatland. Was all diese Gäste jedoch nicht wussten: In jedem Zimmer war eine versteckte Kamera installiert worden, die die Gäste während ihrer Schäferstündchen filmte. Welcher erpresserische Grund Michael Zante zu derartigen schmutzigen Machenschaften verleitete, blieb für immer sein Geheimnis.

Einer seiner Gäste – wie aus der Presse zu entnehmen war, eine hochgestellte Persönlichkeit – muss sich wohl mit Nachdruck an die marokkanische Polizei gewandt haben. Diese kam mit großem Aufgebot, umstellte das Hotel Zante und durchsuchte alle Zimmer. Die Kameras wurden zwar gefunden, nur die Filme nicht. Daher untersuchte man auch das Büro von Michael Zante und schweißte sogar den Panzerschrank auf. Sein gesamter Inhalt wurde ins Polizeikommissariat gebracht und dort von einem Kriminalbeamten akribisch dokumentiert und analysiert. Der Kriminalbeamte stutzte und erinnerte sich, einen Manschettenknopf in Massivgold, so wie er jetzt auf dem Tisch lag, schon bei den Ermittlungen im Mordfall Jacqueline E. vor einem Jahr gesehen zu haben! Daraufhin konnte Michael Zante des Mordes an Jacqueline überführt werden und wurde in der marokkanischen Hauptstadt Rabat abgeurteilt. Zwanzig Jahre Haft!

Die Presse berichtete natürlich in allen Einzelheiten, insbesondere wurde die erfolgreiche und kompetente Polizeiarbeit hervorgehoben und der Kriminalbeamte zu allen Einzelheiten interviewt. Michael Zante hatte einen jungen, äußerst hübschen Spanier als Spielgefährten. Jacqueline und dieser Spanier hatten sich kennengelernt und des Öfteren getroffen. Michael Zante war eifersüchtig geworden und hatte offenbar entschieden, die Nebenbuhlerin zu beseitigen.

Die Tat hatte er sehr gut geplant. Aber es sollte nicht der perfekte Mord sein: Ein Manschettenknopf aus Massivgold blieb als einzige Spur zurück und wurde ihm zum Verhängnis.

Meine Liebe Yasmina – und die Zwangsheirat

Yasminas Vater beendete seine diplomatische Karriere als Erster Sekretär der Königlichen Marokkanischen Botschaft in Washington D. C. und entschied sich, nach Marokko zurückzukehren. Ihre Familie kam schon vorab zurück zum Geburtsort ihres Vaters und seiner Heimatstadt: Tanger. Sie hatte acht Jahre in den Vereinigten Staaten gelebt und sich zu einer 17-jährigen aufgeschlossenen amerikanischen Teenagerin entwickelt. Sie war genauso alt wie ich.

Natürlich stellte es für den strenggläubigen Vater einen unumgänglichen Kulturschock dar, als er nach Washington kam und das »Land der unbegrenzten Möglichkeiten« in der Realität kennenlernte. Peu à peu passte er sich wohl auch zwangsläufig den Ritualen und Geflogenheiten der Diplomatie in einem freien und offenen Land an. Yasmina besuchte die amerikanische Schule bis zum Abschluss und kam dann nach Tanger. Einer der besten marokkanischen Freunde meiner Eltern, Aziz, Sohn einer wohlhabenden arabischen Familie in Tanger, gab aus Anlass der Rückkehr der Familie seines Cousins ein pompöses Fest. Folklore, Musik, Bauchtanz, kulinarische Köstlichkeiten, serviert mit Wasser, Obstsaft oder Pfefferminztee – es war alles da. Ich lernte Yasmina kennen, als sie eher ungeschickt versuchte, ein Stück Hammelfleisch vom Braten zu lösen. Ich bot ihr meine Hilfe an, hatte ich doch gerade nichts in den Händen.

Ihre Schönheit wurde durch die langen und buschigen, mit Henna leicht getönten Haare unterstrichen. Was sie aber besonders bemerkenswert erscheinen ließ, war ihre fröhliche Natur. Sie lachte sehr viel, als wären die Umstellung und alles, was auf sie noch zukommen würde, sehr weit entfernt. Natürlich wusste auch sie, dass sie sich im allerbesten Heiratsalter befand, ja eigentlich schon um ein oder zwei Jahre über das vermeintlich ideale Vermählungsalter hinaus war.

Wir freundeten uns an. Yasmina und ich verbrachten viel Zeit zusammen, waren wir doch zwei leidenschaftliche Diskutanten. Sie erzählte detailgetreu ihr Leben in

Amerika, wie ihre Familie die Eingewöhnung meisterte und von der Oberflächlichkeit von Freundschaften. Sie vertraute mir an, wie sie sich entwickelt habe, einerseits unter den strengen Augen ihrer Eltern, andererseits unter den freizügigen amerikanischen Lebensbedingungen. Ich dagegen berichtete ihr von meinen ersten Jahren in Deutschland und von der Entwicklung meines Lebens in Tanger. Sie war insgesamt sehr interessiert, und so unterhielten wir uns über die Geschehnisse in aller Welt, über Menschen und ihr Verhalten und über Gefühle.

Es blieb nicht aus, dass nach den ersten Küssen weitere Zärtlichkeiten folgten. Wir hatten sehr viel Spaß, aber bis zum allerletzten Schritt kam es nie. Sie erläuterte mir mit klarer Offenheit, dass sie als Jungfrau in die Ehe gehen müsse, was sie auch durchsetzen wolle. Dieses hindere sie aber nicht, bis ans Ende des Pettings gehen zu können.

An einem späten Abend hielten wir uns am Strand auf und plauderten miteinander. Vor uns das dunkelblaue Meer, ein wolkenloser Himmel, eine seichte Brise.

Yasmina nahm plötzlich meine Hand und drückte sie ganz fest, ohne sie loslassen zu wollen. Mit Tränen in den Augen flüsterte sie, ihr Vater wolle sie mit Abdelmalek verheiraten. Abdelmalek kannte ich. Er war eine gute Partie, sehr lieb, und er hatte nach dem Abitur in Paris studiert. So weit, so gut. Aber diese Nachricht bedeutete auch, dass wir unsere Freundschaft aufgeben mussten.

Wir verdrängten diesen Fakt und trafen uns weiterhin, ohne auch nur ansatzweise unsere Freundschaft beziehungsweise unseren Kontakt zu verheimlichen. Dennoch spürten wir ein beginnendes Unwohlsein, das aus Yasminas Gesprächen mit ihren Eltern und ersten Kontakten mit Abdelmalek herrührte. Im Laufe der nächsten Tage trafen wir uns dann heimlich bei mir. Wir diskutierten, fantasierten über Auswege, lagen uns in den Armen und bedauerten uns.

Hatte ich schon resigniert? Ich wusste, dass sie heiraten würde. Ich wusste, dass sie einen lieben und guten Ehemann bekäme. Ich wusste aber auch, dass Yasmina mich aufgeben musste. Der Gedanke allein, sie ganz zu verlieren, machte mich aggressiv.

Trotz alledem trafen wir uns weiter, was natürlich nicht ganz verborgen bleiben konnte. Aziz passte mich eines Tages ab und bat mich sehr freundlich, meine Kontakte zu ihr einzustellen. Wir tranken mehrere Gläser Pfefferminztee. Ich sagte ihm direkt ins Gesicht, dass ich Yasmina liebe – und sie mich. Seine Nüchternheit ließ mich innerlich noch aggressiver werden, sagte er mir ohne Umschweife, dass ich noch zur Schule gehe und ihr noch keine Zukunft bieten könne. Auch sei ich Deutscher, Yasmina müsse aber traditionsgemäß einen Araber heiraten. Aziz machte mir verständlich, dass ich mit Schwierigkeiten rechnen müsse, wenn ich nicht sofort den Kontakt einstellen würde. Er sei bereit, ihr eine letzte Nachricht von mir zukommen zu lassen; ich dürfe sie aber nicht mehr sehen.

Nach diesem Gespräch setzten Yasmina und ich unsere Geheimtreffen fort, wenn auch nicht mehr ganz so oft, da sie von ihrer Familie überwacht wurde.

Eines Abends kam ich von einer Geburtsfeier nach Hause und stellte mein Moped in einer Garage an einer sehr wenig befahrenen Seitenstraße ab. Ich sah drei hochgewachsene Marokkaner, die sich unterhielten und mich nur mit einem Blick wahrgenommen hatten. Es war dunkel und sonst keine Menschenseele zu sehen. Als ich an den drei Männern vorbeikam, fragte mich einer, ob ich Feuer für seine Zigarette habe. Ich war Nichtraucher, verneinte die Frage und ging weiter. In diesem Moment packte mich einer der Marokkaner von hinten, nahm mich in den Schwitzkasten und drückte mich zu Boden. Der zweite hielt meine Beine fest, während der dritte meinen Gürtel öffnete, mir die Hose und die Unterhose bis zu den Knien herunterstreifte, ein langes Stilett nahm und mit meiner Männlichkeit spielte. Er sah mir in die Augen und sagte: »Wenn du dich noch einmal mit Yasmina triffst oder mit ihr sprichst, schneiden wir ›ihn‹ dir ab.«

Am nächsten Tag ging ich zu Aziz und erklärte, dass ich den Kontakt zu Yasmina unmittelbar dann aufgeben würde, wenn ich sie noch einmal sehen und mit ihr sprechen könnte. Er vermittelte diese Zusammenkunft, die in seiner Wohnung stattfand. Aziz und seine Frau hielten sich im Nebenzimmer auf.

Yasmina und ich umarmten uns sehr lange, ohne auch nur ein Wort zu sagen. Wir lösten uns, sahen uns an und küssten uns leidenschaftlich.

Sie führte mich zur Eingangstür und sagte: »Habe keine Befürchtungen. Abdelmalek ist lieb, er liebt mich und behandelt mich sehr gut. Ich aber, ich liebe dich.«

Meine Seele weinte.

Ich sah sie in den zwei Jahren, die ich noch in Tanger lebte, nie wieder. Aziz erzählte mir, sie sei gleich nach der Hochzeit nach Casablanca gezogen. Ich konnte das alles nicht verstehen, trotz der unzähligen Gespräche, die ich mit meiner Mutter wo auch immer führte (siehe Bilder 13a und 13b).

Unser Roulette und General Oufkir

Das Casino in Tanger diente als Treffpunkt aller betuchten Ausländer. Auch
meine Eltern besuchten es oft, spielten
dort Roulette – aber immer nur für (heute) umgerechnet 50 Euro: Sie verloren
meistens. Ich durfte sie einmal begleiten,
aber allein das Zuschauen wusste meine
Begeisterung nicht zu wecken.

Aus einer Laune heraus kaufte mein Vater
für teures Geld ein Rouletterad aus dunk-
lem Mahagoni, das die Größe des im Casino vorhandenen Rades entsprach. Mit
ihrem Freundeskreis spielten meine Eltern
häufig bis in die späten Nachtstunden
hinein. Auch Aziz nahm ab und zu an den
Spielen teil.

Eines Tages rief Aziz bei uns an und fragte, ob er sich das komplette Roulettespiel
für einen Abend ausleihen dürfe. Sein
Freund, der königliche Minister General
Oufkir, sei bei ihm zu Gast und er wolle
ihm anbieten, Roulette zu spielen.

Natürlich konnten sich meine Eltern diesem Wunsch nicht verwehren, und so

brachte ich das Spiel zu Aziz, der eine der größten Penthouse-Wohnungen mit Blick auf den Strand bewohnte. Aziz versprach, das Spiel am nächsten Tage zurückzubringen.

Nach zwei Wochen traf mein Vater Aziz bei einem Fest. Auf das Roulettespiel angesprochen erwiderte Aziz, General Oufkir habe das Spiel mitgenommen, da es ihm so sehr gefallen hätte. Als er, Aziz, ihm erläuterte, er müsse das Spiel zurückgeben, soll General Oufkir gesagt haben, dass er den Besitzer ins Gefängnis bringen würde, sollte dieser auf die Rückgabe beharren. Mein Vater wusste von den Machenschaften und »Möglichkeiten« des Generals und verzichtete in seiner Weisheit auf eine Herausgabe.

Wer war General Oufkir? Als König Hassan II. von Marokko 1971 in seinem Sommerpalast ein Fest mit Hunderten teils hochrangigen internationalen Gästen gab, stürmten fast zweitausend Soldaten den Palast und schossen auf alles, was sich bewegte. Der König versteckte sich und wurde durch loyale Truppen gerettet. Später stellte sich heraus, dass General

Oufkir der Rädelsführer des Umsturzversuchs war. Wenige Monate danach griffen marokkanische Kampfjets das Flugzeug des Königs an, in dem König Hassan II. saß. Die internationale Presse berichtete mit allen Details über diesen spektakulären Fall: Die Jets beschossen das königliche Passagierflugzeug und die Rollbahn noch nach der Notlandung der königlichen Maschine. König Hassan II. nahm im Cockpit das Mikrofon und tat so, als wäre er der Pilot. Er meldete, der König sei tot. Die Kampfjets brachen den Angriff daraufhin ab! Seine Finte war erfolgreich und rettete letztlich der gesamten königlichen Familie das Leben. Marokko blieb ein Königreich.

Auch hier steckte General Oufkir als Rädelsführer dahinter. Er wurde verhaftet. Seine Leiche wies zahlreiche Wunden auf.

Christian und Brigitte

Christian war mit seinen zwanzig Jahren zwei Jahre älter als ich. Wir lernten uns bei einem Empfang des französischen Generalkonsuls kennen. Christian wohnte mit seiner Schwester Brigitte in Paris, wo er das Abitur abgelegt hatte. Nun versuchte er, seinen nach Tanger umgezogenen verwitweten Vater zu überzeugen, er wolle eine Karriere als Gitarrist beginnen. Insbesondere in Tanger könne er sich ein erfolgreiches Debüt vorstellen, zumindest für die nächste Zeit. Christian gründete eine aus vier weiteren Musikern bestehende Band und konnte in Nordmarokko mit dieser sehr schnell einige Erfolge verzeichnen. Ich begleitete oft die Band, nahm bei den Veranstaltungen Meinungen und Wünsche der Gäste auf und gab sie an die Band weiter. Nur eine Sängerin fehlte noch, um das Bild abzurunden.

Brigitte, eine technische Assistentin in einem Labor im Norden der Seine-Metropole, verdiente sich abends noch gutes Geld dazu, und zwar als Solosängerin in Diskotheken und Tanzlokalen. Natürlich dauerte es nicht lange und Brigitte bereicherte die Band ihres Bruders nicht nur mit ihrer Stimme, sondern auch noch mit ihrem Äußeren. Die schlanke Frau verzauberte bald mit ihren blonden langen Haaren und ihrem hübschen Gesicht die Zuhörer.

Als Christian eine neue Bandphilosophie wollte, bat er mich und Brigitte zu einer Vorbesprechung. Er verband dies mit einer Einladung zu einem Picknick an der mit Sanddünen und Büschen überzogenen Atlantikküste westlich von Tanger. Christian konnte sehr gut kochen und versprach uns eine neue Köstlichkeit. Da Brigitte Besuch von ihrer Freundin Nicole aus Paris bekommen hatte, brachte sie diese mit.

Bei der Vorbereitung des Essens stellte Christian fest, dass er Zitronen vergessen hatte, und lud mich ein, mit ihm zum nächsten Dorf zu fahren. Wir gingen zum doch gut fünfhundert Meter weit entfernt abgestellten Fahrzeug, als sich kurz vor dem Wagen ein größerer Dorn in mein Unterbein bohrte. In solchen Fällen ist das salzhaltige Meerwasser meist Heilung genug, und so ging ich zurück zu Brigitte und Nicole.

Ich wusste nicht, dass beide lesbisch waren. Sie hatten sich in Paris in einer Tanzbar nur für Frauen kennengelernt. Ich hörte beide, ohne dass sie mich bemerkten, als sie sich liebkosten und Sex hatten. Ich wollte wegschauen und weggehen, aber die Zärtlichkeit, mit der sich zwei junge, attraktive und sehr hübsche Frauen überschütteten, war so neu für mich, dass ich angeregt und aufgeregt das Spiel unbemerkt verfolgte. Aber ich hatte auch bei dem voyeuristischen Spektakel etwas Neues erfahren: Zärtlichkeit ist der Schlüssel zu gutem Sex.

Brigitte mochte mich. Sie fand mich niedlich, und vor allen Dingen schätzte sie meine Aufrichtigkeit. Ich erklärte ihr einige Tage später, dass ich sie und Nicole doch beobachtet hätte. Sie lachte nur und wollte wissen, ob ich es denn schön gefunden hätte. Ich wurde rot im Gesicht, mein Kopf glühte vor Peinlichkeit und Scham.

Christian und Brigitte gingen nach Paris zurück, beide hatten dort ein festes und gut bezahltes Engagement bekommen.

Poker und Rauschgift

Christian und ich waren begnadete Poker-
spieler. Wir spielten oft, viel zu oft vielleicht, und suchten stets nach Möglichkeiten, unbemerkt das eigene Kartenbild
gegenseitig zu kommunizieren, um den
Verlauf des Spiels zu manipulieren. Wir
waren uns bewusst darüber, dass jede
konkrete Umsetzung Spielbetrug darstel-
len würde, spielten wir doch mit anderen
Spielern auch um höhere Einsätze.

Es war erst unser zweiter Versuch, daher
waren wir noch nicht so gut aufeinander
abgestimmt, dass unsere Absichten uner-
kannt blieben. Wir mussten das in unserem Besitz befindliche und das auf dem
Tisch liegende Geld als Entschuldigung
übergeben und bekamen jeder noch eine
Faust ins Gesicht geschlagen. Diese Lehre
würden wir wohl nie vergessen, darüber
waren wir uns im Klaren. Unser doch sehr
glimpfliches Davonkommen hatten wir
einzig und allein Hassan zu verdanken,
der immer mitspielte. Er vermittelte in
dem Streit, und wir waren ihm dafür, wie
man sich wohl vorstellen kann, sehr
dankbar!

Hassan war der einzig erbberechtigte Sohn eines Großgrundbesitzers. Der Hof, auf dem er wohnte, lag weit außerhalb der Stadtgrenze. Wir freundeten uns an. Als Hassan uns zu seinem Geburtstag einlud, fuhren wir mit meinem ersten Auto zu ihm (siehe Bild 14).

Der Hof war geschmückt, die gesamte Familie vor Ort – war doch der Vater auf seinen einzigen Sohn, der den Besitz alsbald übernehmen sollte, sehr stolz. Hassan bot Christian und mir an, auf dem Hof zu übernachten, was wir dankend annahmen. Als wir drei alleine waren, fragte uns Hassan, ob wir nicht Kif rauchen wollten. Wir reagierten zunächst abweisend, denn Kif, eine auf Feldern wachsende Hanf- beziehungsweise Cannabispflanze, war für uns tabu, auch wenn es überhaupt keinen Aufwand darstellte, grundsätzlich in Tanger Rauschgift zu bekommen.

Hassan überredete uns, zumindest zu probieren – könnten wir ansonsten doch gar nicht wissen, wie wir auf Rauschgift reagierten. Es war das einzige Mal, dass ich mich dieser Versuchung hingab. Außer

Kopfschmerzen und Unwohlsein brachte mir diese Eskapade allerdings nichts ein. Ich weiß nicht, ob darin auch der Grund lag, warum ich nie Raucher wurde.

Hassan war eigentlich immer ein ruhiger »Vertreter«, es sei denn, es ging um das Thema der »Ausbeutung der armen Bevölkerung«. Den Grund für Hassans sehr ausgeprägte soziale Ader kenne ich nicht. Durch ihn lernte ich so einige mir bislang unbekannt gebliebene Aspekte insbesondere der ländlichen Bevölkerung kennen. Dass sich die Mehrzahl der ungebildet gebliebenen Marokkanerinnen und Marokkaner unzufrieden mit der Politik und dem Könighaus zeigte, das hatte ich schon sehr oft in der Stadt gehört. Diese Themen wurden jedoch nur hinter vorgehaltener Hand diskutiert, hatte man doch Angst vor den zahlreichen Polizeispitzeln und Denunzianten.

Anlässlich einer sehr viel später erfolgten Reise nach Tanger erfuhr ich, dass Hassan frühzeitig zu Tode gekommen war!

»In großer Not«

Die Frau von Allouch war schwer krank, und er konnte die notwendige Operation nicht bezahlen.

Allouch arbeitete als Barkeeper in der Ranch Bar, die von der Holländerin Emma geführt wurde. Emma und meine Eltern waren Freunde, meine Eltern demzufolge oft in der Bar, um nach dem Theater oder Kino noch einen Drink zu nehmen. Seit ich sechzehn war, durfte ich mit, allerdings bis maximal zweiundzwanzig Uhr. Mit Allouch freundete ich mich an. Er imponierte mir, war er doch mit jetzt vierundzwanzig Jahren der bekannteste und bulligste Catcher in Nordmarokko (siehe Bild 15). Wir besuchten alle seine Ringkämpfe und saßen stets in der ersten Reihe, um ihn anzufeuern oder zu schreien, wenn sein Gegner ihn faulte, und um zu klatschen, wenn sein Gegner auf dem Rücken lag.

Eine Klassenkameradin wurde regelmäßig von einem marokkanischen Mitschüler gehänselt. Ich bekam das mit und redete mit ihm. Doch er spuckte mir ins Gesicht und verpasste mir einen Fußtritt gegen das Schienbein. Am nächsten Tag begann er erneut mit seiner Hänselei, diesmal jedoch noch provokativer. Ohne ihn zur Rede zu stellen, ohrfeigte ich ihn. Er war so verdutzt, dass er nicht reagierte. Die Pausenaufsicht hatte den Zwischenfall bemerkt; sie gab mir keine Chance, mich zu rechtfertigen, sondern hielt mich sogleich zu einer Entschuldigung an. Ich hatte diese kaum ausgesprochen, als mein Kontrahent mir zuraunte, seine Brüder würden mich umbringen.

Wenn der Stolz bei einem Araber erst einmal verletzt ist, besteht keine Gewähr dafür, dass er nicht überreagiert. Da Messerstechereien nicht selten vorkamen, war ich die nächsten Tage sehr vorsichtig, ja auch ängstlich. Ich hatte eine Gelegenheit gefunden, die Schule nicht über den Haupteingang zu betreten oder zu verlassen. Der Hausmeister, mit dem ich mich gut verstand, hatte am anderen Ende der Schule sein Büro mit Werkstatt und Abstellraum und natürlich eine Tür zur Seitenstraße. Ich erzählte ihm die Wahrheit und bat, einige Tage die Hintertür benutzen zu dürfen, was für ihn kein Problem darstellte. Aber nichts passierte.

Am folgenden Sonnabend ging ich in die Diskothek 007. Der Türsteher bekam von mir immer ein kleines Trinkgeld, was mich in die Lage versetzte, in die Diskothek hineingelassen zu werden, auch wenn diese voll war und eigentlich keiner mehr hinein durfte. Beim Verlassen der Diskothek sagte mir der Türsteher, an der Straßenecke würden drei Araber auf mich warten. Sie hätten nach mir gefragt und wollten mich verhauen.

Da hatte ich den Salat!

Alain, mein bester Freund, begleitete mich. Er war ein kräftiger, drahtiger, kleiner Franzose mit sehr viel Humor. Der Humor verging ihm, als er hörte, was sich da draußen auftat.

Nach kurzem Überlegen ging ich zurück in die Diskothek und bat Alain, in die Ranch Bar zu gehen und Allouch um Hilfe zu bitten. Nach einer halben Stunde kamen Alain und Allouch die Treppe zur Diskothek hinunter. Allouch begrüßte mich herzlich und sagte mir, ich hätte heute, morgen, übermorgen und jeden Tag, der in der Zukunft liegt, von diesen Leuten nichts mehr zu befürchten.

Ich weiß bis heute nicht, was Allouch diesen drei Burschen gesagt hatte. Alain berichtete nur, dass Allouch sehr leise, aber in einem aggressiven Ton gesprochen und dabei stark gestikuliert habe. Mehrmals habe er seine flache Hand über seinen Hals gezogen, was so viel bedeutet wie »Hals abschneiden«. Die Drohungen von Allouch hatten gewirkt!

Politische Opposition

Mimoun schleppte weit über hundert Kilo mit sich, verteilt auf circa einen Meter neunzig Leibesgröße. Seine Statur war imposant. Er gehörte ebenfalls zum Freundeskreis meiner Eltern. Immer wenn er zu Besuch kam, sagte er mir, ich würde ein großer Politiker werden.

Die Familie saß an einem Sonntag auf der Dachterrasse. Wir debattierten, wie die Terrassen umgestaltet werden könnten. Meine Mutter wollte eine größere Blumen-fläche, mein Vater mehr Obstbäume in Kübeln und ich die Beibehaltung der gro-ßen gepflasterten Fläche, traf ich mich doch immer öfter mit meinen Freunden zu Hause. Ins große Wohnzimmer durfte ich mit meinen Freunden nicht hinein, mein eigenes Zimmer war zu klein. Also dienten die zwei Terrassen mit den vielen Terrassenstühlen als Ort unserer Treffen. Ein Klingeln unterbrach unsere Diskussi-on: Mimoun stand vor der Tür.

Mimoun kam gerne zu uns, mein Vater war offenbar ein guter Gesprächspartner. Nach Austausch der Höflichkeiten begaben sich die Männer – ich sollte nach Mimouns Meinung immer dabei sein, könnte ich doch schon früh Politik lernen – ins Wohnzimmer. Meine Mutter offerierte Tee und Gebäck, ehe sie sich diskret zurückzog. Auch im modernen, europäisch geprägten Tanger hatten Frauen bei Themengesprächen dieser Art mit Arabern offenbar von sich aus kein Bedürfnis, dabei zu sein.

Natürlich war ich zu Beginn der Gespräche überfordert, konnte ich die Aussagen, die Begründungen und die Abwägungen nicht nachvollziehen. Im Laufe der Zeit begann ich aber die Themen und die Probleme immer besser zu verstehen, wiederholten sie sich doch zusehends. Mimoun gehörte der »Linksopposition« an, die vom Königshaus verfolgt wurde.

Natürlich hatte auch ich die Armut in Tanger und Umgebung wahrgenommen. Je weiter man die Stadt verließ, umso mehr häuften sich traurige Bilder von Menschenschicksalen. Mimoun griff die lokalen Autoritäten, aber insbesondere die Zentralregierung an. Er spiegelte die Machenschaften der »an der Quelle Sit-

zenden« wider, die lediglich ein Ziel verfolgten: die eigene Bereicherung.

Mimoun hatte mich durch seine Ausführungen und Kommentare sensibilisiert,
glaubte ich doch, die Ungerechtigkeiten
und menschlichen Unzulänglichkeiten tag-
täglich immer stärker wahrzunehmen:
wenige Marokkaner, denen es sehr gut
ging, eine Masse von Marokkanern, die in
Existenzangst lebte.

Meine Eltern wussten immer, wo ich mich
aufhielt oder was ich machte. Als ich an
einem Abend gegen zwanzig Uhr aus dem
Kino kam, fing mein Vater mich ab. Er
sagte nur, er müsse sofort mit mir sprechen. Wir gingen zum Auto und fuhren
nach Hause. Meine Mutter saß im Wohnzimmer und erwartete uns. Im Auto hatte
mein Vater schon angedeutet, dass es um
Mimoun gehe. Er sei verschwunden. Einer
seiner besten Freunde hatte meinem Vater nähere Umstände seines Verschwin-
dens erklärt und empfohlen, die Freundschaft zu Mimoun zu negieren. Es könne
für seine Familie und seine Freunde oder
Sympathisanten sehr, sehr gefährlich
werden, wie er sagte.

Unser Glück war es, dass wir mit Mimoun ausschließlich in privaten Räumen zusammengetroffen waren. Wir hatten seine Familie in den Jahren lediglich ein- oder zweimal besucht. Er dagegen war des Öfteren bei uns gewesen. Von diesen Besuchen wusste so gut wie keiner, wurde Mimoun ja nicht auf Schritt und Tritt von der Geheimpolizei verfolgt. Seine Devise war es, in kleinsten Kreisen zu wirken. Auf Festlichkeiten tauchte er so gut wie nie auf.

Man sah ihn nie wieder.

Fahrt nach Tétouan

Meine Eltern hatten mir das Autofahren beigebracht, lange bevor ich meine Führerscheinprüfung ablegte. Entlang der westlich von Tanger beginnenden marokkanischen Atlantikküste fanden sie viele Wege, um mir die Feinheiten des Lenkens von der Polizei und der Gendarmerie ungehindert zu vermitteln. Die Verkehrsregeln beherrschte ich ohnehin, fuhr ich doch mit meinem Moped seit meinem sechzehnten Lebensjahr schon durch die lebhaften Straßen von Tanger.

Mein erstes Auto war ein zweisitziges weißes BMW-Coupé, auf das ich sehr stolz war. Doch da meine Eltern hin und wieder meine Dienste in Anspruch nehmen und von mir von der einen oder anderen Feier abgeholt werden wollten, ging dies nicht: Einen Notsitz für eine dritte Person gab es nicht.

Einer der besten Freunde meines Vaters verließ endgültig Marokko und löste seinen Hausstand auf. Auch seinen viertürigen Fiat-Neckar 1700 wollte er verkaufen, eine pingelig gepflegte, dunkelblaue, sehr stark motorisierte fast neue Familienkutsche. Das ideale Auto für den Sohnemann, dachte mein Vater und kaufte diesen Wagen (siehe Bild 17).

Über meine festen Absichten allerdings, Marokko nunmehr alleine per Auto bereisen zu wollen, waren meine Eltern nicht allzu entzückt.

Über die Modalitäten meiner Reisen hatte ich mir Gedanken gemacht. Grundsätzlich wollte ich mich nicht abhängig machen. Länge der Fahrten, Aufenthaltsdauer an den verschiedenen Haltepunkten, Abfahrtzeiten und sonstige mögliche Wünsche potenzieller Mitfahrer, all das sollte meine Fahrten nicht erschweren. Daher traf ich die Entscheidung, zunächst einmal alleine zu fahren.

Ganz zu Anfang wollte ich nur eine kurze Reise unternehmen und mich lediglich zwei Tage in Tétouan und Umgebung aufhalten. Der kleine Koffer war schnell gepackt. Ich weiß bis heute nicht, ob sich meine Eltern über meine »Reisevorbereitungen« lustig gemacht hatten. Zumindest hatte ich den Eindruck gewonnen.

Tétouan ist nur etwa 60 Kilometer von Tanger entfernt, und dennoch gab mir meine Mutter ein sogenanntes Fresspaket mit. Mein Vater schwenkte hoch über seinem Kopf ein Taschentuch!

Die Stadtgrenze war rasch erreicht, die Stierkampfarena von Tanger an der Straße nach Tétouan erblickte ich nur noch im Rückspiegel. Ich war voller Erwartungen, ob ich überhaupt etwas »erleben« würde. Nach ungefähr 10 Kilometern kam schon die erste Kontrolle der Gendarmerie Royale (Königliche Gendarmerie, zuständig für alle Polizeiaufgaben außerhalb der Stadtgrenzen). Ich hielt hinter drei voll besetzten Fahrzeugen an und wartete geduldig, bis ich an die Reihe kam. Vorzeigen der Fahrzeugpapiere, des Führerscheins und Ausweises, Fragen über Reiseziel und Reiszweck und die Durchsuchung des mitgeführten Reisegepäcks, das war das übliche Prozedere bei Verkehrs- und Rauschgiftkontrollen. Die Insassen des Fahrzeugs vor mir hatten es offenbar eilig, denn es entstand eine immer stärker werdende Diskussion zwischen dem mit einer Pistole und einer Maschinenpistole bewaffneten Gendarmen und den Insassen. Der

Gendarm rief seinen gleichermaßen bewaffneten Kollegen zu sich, und beide forderten die Insassen auf, das Fahrzeug zu verlassen. Der Fahrer musste alle Gepäckstücke herausholen und öffnen. Zwischenzeitlich steigerten sich die Kontrahenten in ihrer aggressiven Haltung. Völlig unerwartet schlug einer der Gendarmen den Fahrer mit einem Knüppel auf die Beine. Der andere Gendarm zog seine Maschinenpistole hoch, zielte auf die Insassen und gab ihnen den Befehl, sich auf den Boden zu legen.

Jetzt schnell den Rückwärtsgang einlegen und nichts wie weg, dachte ich. Aber was, wenn die ohnehin nervösen Gendarmen denken, ich würde fliehen und dann auf mich schießen? Ja, ich hatte Angst, denn die Situation da draußen war nicht überschaubar.

In diesem Moment erkannte ich, was die Gendarmen beabsichtigten, nämlich die Situation in den Griff zu bekommen. Während ein Beamter auf die am Boden liegenden Insassen aufpasste, kontrollierte sein Kollege das Gepäck. Er fand ein Gewehr. Ohne den Besitzer zu fragen, begab sich

der Gendarm zu seinem Funkgerät und rief um Verstärkung, denn nach nur kurzer Zeit kam ein großes Fahrzeug der Stadtpolizei mit eingeschalteter amerikanischer Sirene herangebraust. Es dauerte keine Minute, bis alle Insassen sich in Handschellen wiederfanden und zusammen mit dem gesamten Gepäck im Polizeiwagen verstaut waren. Das kontrollierte Fahrzeug wurde von einem der Gendarmen an den Straßenrand gefahren und abgeschlossen.
Als ob nichts gewesen wäre!

Nun war ich an der Reihe. Eigentlich wollte ich meinen Kurztrip abbrechen, denn solch ein Drama gleich zu Beginn der ersten Reise zu verfolgen, schien mir vollkommen zu genügen.

Der mich kontrollierende Gendarm benahm sich wider Erwarten sehr freundlich und sprach sehr gut Französisch. Er wollte keine Papiere von mir sehen, geschweige denn den Kofferraum kontrollieren. Er fragte nur, ob ich seinen Cousin ein Stück mitnehmen könne. Dieser saß auf einem Stuhl an einem Baum etwa fünf Wagenlängen vor mir.

Ich wagte nicht, »Nein« zu sagen, und erklärte, dass ich nur bis Tétouan fahren würde. Und genau dorthin wollte mein ungebetener Passagier auch nur mitgenommen werden.

Er hieß Mokhtar, war so jung wie ich, sauber gekleidet und nutzte ein Deodorant! Von daher schien mein Fahrgast in Ordnung zu sein. Wir waren kaum losgefahren, da fragte er mich, ob ich nicht wissen wolle, warum er nicht den nächsten Autobus nach Tétouan genommen habe. Ich nickte nur mit dem Kopf. Er schaute stur aus dem Seitenfenster und fing an, seine Geschichte zu erzählen.

Er sei vor wenigen Monaten mit dem Fahrrad nach Martíl gefahren, einem kleinen Stranddorf am Mittelmeer. Dort habe er sich in einem Café gestärkt, die dort ausliegende Zeitung studiert und entschieden, durch den den Strand säumenden Wald zu wandern. Er habe sein Fahrrad an einem Straßenschild angekettet und sei zu Fuß durch den Wald marschiert. Plötzlich habe er Stimmen von zwei Frauen wahrgenommen, die sich auf Französisch unterhalten hätten. Offenbar ging es darum, Fotos zu

machen. Er habe einen Geländewagen er-
blickt, ehe ihm die zwei Frauen am Anfang
des Sandstrandes aufgefallen seien. Die
eine sei dabei gewesen zu fotografieren,
während die andere irgendwie Regieanwei-
sungen gegeben habe.

Seine Neugier wurde geweckt und er näherte sich dem Geschehen.
»Dann habe ich«, fuhr er fort, »ein junges
marokkanisches Mädchen, das nicht älter
als wohl fünfzehn Jahre gewesen ist, auf
dem Sandboden sitzen gesehen. Dieses
Mädchen war völlig nackt fotografiert worden. Es handelte sich um ein sehr gut aus-
sehendes Mädchen mit langen schwarzen
Haaren und großen straffen Brüsten.«

Zunächst habe er die Situation nicht ver-
standen, war doch das Bild, das er sah, so
unwahrscheinlich, wie es nur ging.
»Doch dann habe ich realisiert, was sich
dort abspielte, und mein strenger Glaube
ließ mich zu einem wütenden Tier werden.
Ich riss den Fotoapparat vom Hals der Fo-
tografin, machte die Kamera auf und zer-
störte den Film. Gleichzeitig habe ich die
zwei Frauen beschimpft und gedroht, sie
der Polizei zu übergeben. Die Regieführen-

de bot mir Geld, sehr viel Geld an, damit ich ruhig bleibe. Ich solle das Geld als ehrliche Geste der Entschuldigung annehmen. Auch das Mädchen hätte für ihre Dienste Geld erhalten.«

Er habe sich geschämt, als sein Blick wieder auf das Mädchen fiel. Wild gestikulierend habe er die Frauen vom Tatort weggescheucht und das junge Mädchen beschimpfend aufgefordert, sofort nach Hause zu gehen. Offenbar seien dann die Eltern des Mädchens über das viele Geld im Besitz ihrer Tochter stutzig geworden. Die Mutter habe dann – so ist es Sitte – das Mädchen zunächst auf ihre Jungfräulichkeit untersucht.

»Danach hat das Mädchen den Eltern erzählen müssen, woher das Geld stammte, und offenbar die volle Wahrheit gesagt und den Ablauf geschildert. Das Mädchen stammt übrigens auch aus Tétouan, und zwar aus meiner Nachbarschaft. Sie hat mich erkannt und ihren Eltern erzählt, dass ich der Sache einen Schlussstrich gemacht hätte.

Ihr Vater hat mich danach aufgesucht und sich zunächst bedankt, dass ich seine Tochter vor weiterem Unheil bewahrt hätte. Sie sei noch Jungfrau, und es sei nichts Schlimmes passiert.«

Aber er habe ja auch seine Tochter nackt gesehen und obendrein am Strand die Gelegenheit gehabt, seine Tochter überall anzufassen. Die beste Lösung für alle Beteiligten sei es nun, wenn er seine Tochter heiraten würde.

»Natürlich habe ich diesen aus der Not geborenen Vorschlag abgelehnt, auch wenn das sehr hübsche Mädchen aus betuchtem Hause kommt. Meine Ablehnung ist aber von ihrem Vater und dessen Familie nicht akzeptiert worden.«

Mokhtar sah mich an, als wollte er eine Reaktion von mir, eine Stellungnahme oder einen Kommentar, oder nur eine Frage. Was sollte ich sagen, wo anfangen? Ich kannte ihn doch gar nicht; die gesamte Situation, in der er sich befand, war für mich neu und so komplex, dass ich nicht wusste, welchen Aspekt ich zunächst ansprechen sollte. Die Empfindlichkeit der

Marokkaner in privaten Angelegenheiten ist grundsätzlich sehr ausgeprägt. Ein falsches Wort oder eine falsche Schwerpunktsetzung, und sie geraten außer sich. Gerade eine solche Entwicklung wollte ich vermeiden, denn wir waren allein in einem Wagen, und das noch mindestens eine halbe Stunde.

Mokhtar starrte mich jetzt an, ungeduldig auf eine Antwort wartend. Er hatte so viel von sich preisgegeben, dass er mich nunmehr als Kenner seines intimen Problems in die Pflicht nahm. Meine Gedanken konzentrierten sich jetzt voll auf seine Geschichte und nicht mehr auf den Verkehr. Die Rif-Ausläufer zwischen Tanger und Tétouan waren für die Straßenbauer eine wahre Herausforderung. Viele Berge und viele Schluchten mussten gemeistert werden. Die Serpentinen verlangten volle Aufmerksamkeit seitens eines jeden Fahrers, zumal die Straßen sehr eng waren. Ich hatte – wenn man das so sagen kann – Glück, denn als ich Mokhtar gegenüber eine Reaktion zeigen musste, kam uns ein Sattelschlepper entgegen. Ich war gezwungen, stark abzubremsen und eine der vielen Nothaltebuchten anzusteuern. Der Sattelschlepper kroch an uns vorbei, zwischen den beiden Fahrzeugen passte keine Hand mehr.

Ich nutzte diesen Stopp, stellte den Motor ab und wandte mich Mokhtar zu. Ich fragte ihn, was er denn einem Freund raten würde, wenn er diese Geschichte hörte. Mokhtar sah mich verblüfft an und erwiderte, auf diese Idee der Problemannäherung hätte er auch selbst kommen können. Er grinste breit. Ich wusste, dass ich durch diese Frage die Spannung aus der Situation herausgenommen und für mich selbst Zeit gewonnen hatte.

Ich wollte wissen, ob es denn für ihn völlig ausgeschlossen sei, das Mädchen zu heiraten. Sie käme doch aus gutem Hause, sehe gut aus und sei noch Jungfrau. Mokhtar war über diese Frage nicht erfreut, schien aber nachzudenken. Um die Gefahr einer negativ ausgeprägten Meinungsbildung zu dieser Frage zu bannen, schoss ich gleich die Frage hinterher, was er denn in Tanger gemacht hätte?

Mokhtar hatte sich bei dieser Frage wieder voll im Griff und antwortete, er habe sich bei einem Rechtsanwalt über alle möglichen Rechtsfolgen erkundigt, sollte er bei seiner Ablehnung, das Mädchen zu heiraten, bleiben. Auch der Rechtsanwalt habe so ähnlich reagiert wie ich und gefragt, ob er denn schon Zukunfts- und Familienpläne geschmiedet hätte, denn einer Familiengründung stünde doch eigentlich nichts entgegen, zumal er in Tétouan beruflich gut situiert sei und auch für eine Heirat das entsprechende Alter habe! Er sollte aber den Bus nicht zurück nach Tétouan nehmen, da ein Familienangehöriger des Mädchens sich im Bus befinden könnte und … .

Zwischenzeitlich hatten wir Tétouan erreicht, meine ersehnte „Rettung". Mokhtar musste mir den Weg zu seinem Haus zeigen, nachdem ich ihm angeboten hatte, ihn bis dorthin zu fahren. Wir waren noch nicht dort angekommen, als Mokhtar aufgeregt stotterte: »Da, da ist sie!«

Ich fuhr sehr langsam an dem auf dem Bürgersteig stehenden Mädchen vorbei, so langsam, dass sie Mokhtar als Beifahrer erkennen konnte. Es war wirklich hübsch, wenn nicht bildhübsch, trug eine dunkelblaue Matrosenhose und ein weißes enganliegendes Hemd. Der Kontrast des Hemdes zu den schwarzen langen Haaren ließ das Mädchen auffällig erscheinen. Mokhtars Gesicht wirkte blutunterlaufen, offenbar befand er sich in großer Aufregung.

Nach zwei Querstraßen hielten wir vor seinem Haus, Mokhtar stieg aus, kam um den Wagen herum und öffnete meine Tür. »Kommen Sie, ich lade Sie zu einem Glas Tee ein.«

Warum nicht, dachte ich und willigte ein. Aus dem Glas Tee wurden drei Gläser, ein Glas Wasser und Gebäck, das seine Mutter auftischte. Wir sprachen kein Wort mehr über „unser" Problem! Nach zwei Stunden gab ich zu verstehen, dass ich nun weiter müsste. Höflich, wie Mokhtar war, erkundigte er sich nicht nach meinem Ziel. Wir standen draußen vor meinem Wagen und er bedankte sich für die Mitnahme. Ich stieg ein, drehte das Fenster herunter, sagte nochmals ganz entspannt *Au revoir* und fuhr los. Ich hatte kaum Fahrt aufgenommen, da rief er mir etwas hinterher. Ich hielt an und Mokhtar kam laufend auf den Wagen zu. Er grinste wieder und sagte: »Ich werde darüber nachdenken.«

Ich fuhr ins Zentrum und suchte mir eine Pension, die schnell gefunden war. Die Inhaberin war eine ältere Spanierin, die mir gegen ein kleines Entgelt am Abend eine große Schüssel Salat mit gebratenen Crevetten zubereitete. Zwei Glas Rotwein dazu und ich hatte nach dieser Fahrt und einer wohl eher oberflächlichen Besichtigung des Stadtkerns die für mich nötige Bettschwere gefunden.

Am nächsten Tag fuhr ich nach dem nicht sehr üppigen Frühstück in Richtung Motríl. Ich ging an den Strand, sprang ins Wasser und ließ es mir gut gehen, von der Sonne gestreichelt. Die Rückfahrt nach Tanger verlief ohne jedes Vorkommnis. In Tanger angekommen erzählte ich meinen Eltern von meiner ersten Reise. Mein Vater nahm alles nur zur Kenntnis und freute sich über meine Rückkehr.

Meine Mutter, offensichtlich genauso wenig beeindruckt, sagte nur: »Tja, wenn einer eine Reise tut, dann kann er was erleben.«

Fez (Fès)

Mein Klassenkamerad Alain wusste als Erster, dass ich nach Fez fahren wollte. Ich hatte sehr viel gehört von dieser Stadt, die einen jeden verzaubern soll. Er hatte seine Cousine Marie über mein Kommen informiert und sie gebeten, mir Fez zu zeigen. Alain sagte mir, dass seine verwöhnte Cousine, die einzige Tochter einer der reichsten französischen Familien in Fez, sehr lustig und sympathisch sei. Ihre Eltern hätten schon zu ihrer Geburt dort gewohnt und sie beherrsche somit die arabische Sprache, die sie überwiegend auf der Straße mit ihren vielen Freundinnen und Freunden gelernt habe.

Ich nutzte einen Feiertag aus, der mir ermöglichte, vier Tage unterwegs sein zu können. Kurz nach Sidi-Kacem sah ich das mir bekannte Schild »Volubilis«. Meine Eltern und ich hatten auf der Reise nach Meknès Volubilis, eine archäologische Stätte mit Ausgrabungen aus dem Römischen Reich, ein Jahr zuvor besichtigt, ebenso Moulay Idriss, sodass ich an diesen Sehenswürdigkeiten einfach vorbeifuhr und auch Meknès, in meinen Augen eine unattraktive Stadt, links liegen ließ.

Nach einer Fahrt von insgesamt drei Stunden erreichte ich Fez. Alain hatte mir die Adresse seiner Cousine aufgeschrieben, und ich musste nur dreimal nach dem Wohnviertel und der Straße fragen. Marie wohnte in einem weißen Haus, umgeben von einer sehr hohen Mauer. Auf der mannshohen verputzten Steinmauer waren Scherben von Wasser- und Weinflaschen als sichtbare Schutzmaßnahme gegen unerwünschte Besucher einzementiert.

Was ich nicht wusste: Alain hatte seinen Eltern über meinen bevorstehenden Besuch in Fez erzählt und dass ich bei Marie vorbeischauen würde. Seine Eltern hatten daraufhin die entfernte Verwandtschaft in Fez informiert. Maries Vater öffnete die Eisentür und erkannte mich sofort, sicherlich auch anhand meines Wagens. Er gab mir die Hand, bevor er mich regelrecht ins Haus zog, sehr erfreut, einen Freund seiner Tanger-Sippe empfangen zu können. Er bot mir sofort ein Glas Wasser und Früchte an. Ungeduldig erkundigte er sich, wie es denn seiner Familie in Tanger gehe, was der eine und die andere mache, wie es mit Tanger stehe, wirtschaftlich gesehen, und ob ich wirklich so ein guter Schüler wäre, wie ihm berichtet worden sei. Nachdem ich alle Fragen beantwortet hatte, sagte er mir, dass Marie mit ihrer Mutter Tennis spiele und beide in ungefähr ein bis zwei Stunden *at home* seien. Er müsse noch schnell ins Büro und mich eben kurz allein lassen.

Er drehte sich um und sagte beim Hinausgehen: »Da ist der Kühlschrank, draußen findest du die Liegen am Pool und in dem Schrank neben dem Kellereingang die Badetücher. Bis gleich!«

Ich ging in den Garten und staunte über die gepflegte Rasenfläche und die diversen Blumenbeete. Alles war so einfach, aber über die Gastfreundlichkeit der Franzosen wusste ich ja bereits Bescheid.

Ich wollte das Angebot annehmen und in den Pool springen, nur fehlte mir dazu meine Badehose. Ich ging um das Haus herum bis zur Eisentür, öffnete und blockierte diese mit einem Stein, um meinen Koffer zu holen. Dann genoss ich das erfrischende Bad, ehe ich beim Sonnenbaden

im Halbschatten unter einer Palme ein-
schlummerte.

Die Franzosen sprechen das »H« ja nicht
aus. »Arold«, hörte ich, wobei mir der fra-
gende Unterton nicht entging. Es war Marie
in Begleitung ihrer Mutter, die meinen Wagen gesehen hatten und somit wussten,
dass ich angekommen war.

Ich wollte eigentlich Marie und ihrer Mutter
nicht halb nackt begegnen, war doch meine
Badehose eher knapp geschnitten, aber
dagegen konnte ich jetzt nichts mehr machen. Ich stand auf und wurde von meinen
weiblichen Gastgeberinnen umarmt und
mit den traditionellen Wangenküssen
zweimal links, zweimal rechts willkommen
geheißen. Maries Mutter bemerkte, dass
sich wohl ein kleiner Sonnenbrand auf meinen Schultern breitmachte und forderte
ihre Tochter auf, meine Schultern mit Sonnenmilch einzureiben. Marie ließ sich das
nicht zweimal sagen und streichelte mir die
Sonnenmilch über Schultern und Rücken.
Wir machten ein paar Späßchen und lach-
ten. Um fünfzehn Uhr gab es Mittagessen,
wobei Marie und ich uns gegenübersaßen.
Schon im Garten hatte ich bemerkt, dass

sie in ihrem ultrakurzen Tennisröckchen schöne Beine hatte. Vielleicht ein bisschen zu muskulös. Jetzt konnte ich während der angeregten Tischgespräche auch ihr Gesicht länger betrachten. Sie hatte ein nettes Gesicht, sehr kurze blonde Haare, blaue Augen und einen Schmollmund. Nach dem Dessert sagte Maries Vater, ich solle das linke Gästezimmer während meines Aufenthalts in Fez nehmen, und ließ nicht mal meinen Ansatz einer – wenn auch nur höflich gemeinten - Widerrede zu.

Den Nachmittag bis zum Abend verbrachten Marie und ich in ihrem Zimmer. Ihr Vater hatte für seine Tochter das große Flachdach ausbauen lassen. Das Zimmer maß genau fünf mal fünf Meter, an zwei Seiten befanden sich lediglich riesige Glasscheiben. Das durch eine Glastür zu erreichende Duschbad von circa 10 Quadratmetern verfügte über ein Dach ebenfalls aus Glas, sodass man den Himmel sehen konnte. Ich kam aus dem Staunen nicht heraus.

Wir unterhielten uns insbesondere über die unterschiedlichen Freizeitgestaltungen in Tanger und Fez, über Lehrer und Erziehung, auch seitens der Eltern.

Gegen zwanzig Uhr riefen die Eltern zum Abendessen. Noch bevor wir anfingen, sagte Maries Vater: »Harold, ich heiße Jean, und das ist Claude.« Dabei zeigte er mit seinem Glas Rotwein auf seine Frau. »Wir sollten uns duzen, das vereinfacht die Konversation.«

Natürlich nahm ich dieses Angebot an. Und Marie grinste, verdächtig, wie mir schien.
Nach dem vierten Gang kam der Digestif, ein Cognac, und wir alle waren sehr guter Laune. Jean stellte nur beiläufig die Frage, ob ich denn als Deutscher oder ganz allgemein die Deutschen in Tanger irgendwie anders leben würden als zum Beispiel die Franzosen oder Spanier?

Darüber hatte ich mir noch nie Gedanken gemacht, wozu auch, denn hierfür bestand für mich kein Anlass. Was sollte ich sagen?

»Ich glaube schon, dass ich einige Privilegien genieße, die aber sicherlich durch meine Eltern begründet sind«, antwortete ich noch ganz unbefangen.
»Haben die Deutschen, denn davon gibt es doch einige in Tanger, eine eigene Kolonie oder sonstige Institutionen gegründet, die

das tägliche Leben beeinflussen?«, setze er nach.

»Nicht dass ich wüsste, aber warum fragst du danach?«

»Weiß du, Harold, irgendwie bewundere ich die Deutschen. Nach dem Zweiten Weltkrieg haben die Deutschen ihr Land mit einer solchen Schnelligkeit wieder aufgebaut, dass sie jede andere Nation in Europa überholt haben. Ich glaube, ihr nennt das ›Wirtschaftswunder‹. Das ist ja auch gut so, aber die Deutschen scheinen zu glauben, dass sie ebenfalls die Politik in Europa diktieren können.«

Ich war überfordert, denn über die Politik in Deutschland und deren Auswirkungen hatte ich mir bislang keine großen Gedanken gemacht. Zwar bezogen wir in Tanger wöchentlich deutsche Zeitschriften und Illustrierte, aber wirklich auseinandergesetzt hatte ich mich mit dieser Frage noch nicht. Gut aber, dass ich während des Geschichtsunterrichts immer aufgepasst hatte, denn ich konnte mich an die Ausführungen meiner Lehrerin gut erinnern, als sie über den Élysée-Vertrag von 1963 bzw. die »deutsch-französische Freundschaft« und deren Gründer Staatspräsident Charles de

Gaulle und Bundeskanzler Konrad Adenauer referierte.

»Ich glaube, dass die Deutschen nur zusammen mit den Franzosen eine Europapolitik vorantreiben werden, oder besser gesagt: die Franzosen mit den Deutschen. Warum hätte der Staatspräsident als einer der Gewinner des Zweiten Weltkriegs sich gerade Deutschland ausgesucht?«

»Mit den Wölfen heulen«, erwiderte Jean. Man konnte ihm ansehen, dass er sich in einem Bad der Gefühle hineinbegeben wollte.

»Das ist ja schon eine Beleidigung«, sagte ich konsterniert, »sowohl für die Deutschen als auch für die Franzosen.«

Nun befand sich Jean in seinem Element. Er hatte einen Diskutanten gefunden, dem er wie auch immer überlegen war. Erst viel später erfuhr ich von Marie, dass es seine Masche war, einen unterlegenen Gesprächspartner zu finden und aus der Diskussion als Überlegener herauszugehen.

»Wieso Beleidigung?«

»Weil die Deutschen keine Wölfe sind, sondern nur Menschen, die durch den Krieg alles verloren und, statt wehleidig nach Hilfe zu schreien, die Ärmel hochgekrempelt haben, Frauen wie Männer, Kinder wie

Greise, und ihr Land wieder aufgebaut haben. Weil die Franzosen kein Volk sind, die sich der Schmach hergeben, mit Wölfen zu paktieren, denn dafür sind die Franzosen zu stolz. Und wenn zwei Staatsmänner wie der Staatspräsident und der Bundeskanzler sich ungezwungen für einen solchen gemeinsamen Weg entscheiden, dann gebührt allein der Respekt, diesen Weg nicht infrage zu stellen.«

Am Tisch war es still geworden. Claude sah mich mit großen Augen an. So ein junger Mann, der ihrem Gatten Erläuterungen gab und fast belehrend wirkte, schien ihr noch nicht untergekommen zu sein. Marie betrachtete mich mit glänzenden Augen, und ich hatte den Eindruck, sie wollte mich verschlingen. Jean schaute mich so verdutzt an, als käme ich vom Mond. Ich muss zugeben, dass ich meine Argumente sehr schnell von mir gegeben hatte, aber gerade die Franzosen sind ja für ihre schnelle Wortgewandtheit bekannt und finden sich dabei zurecht.

»Es ist meines Erachtens ebenso eine Frage der völlig unterschiedlichen Mentalität, auch wenn wir eine gemeinsame Grenze haben«, eröffnete Jean hoch motiviert die Diskussion erneut.

Erst nach gut einer weiteren Stunde setzte Claude dem Streitgespräch einen Schluss-strich, indem sie die Fortsetzung der Debatte für den nächsten Abend vorschlug. Jean stand auf, bedankte sich bei seiner Frau für das köstliche Abendmahl, kam zu mir rüber und sagte: »Harold, das Gespräch war superb. Aber ich befürchte, wir haben unsere beiden Tischdamen vernachlässigt.«

Mittlerweile war es sehr spät geworden, und nach dem ersten Cognac folgten noch drei weitere, so dass wir alle sehnsüchtig unser Bett aufsuchten.

»Aufstehen!«, rief Marie und zog mir die Bettdecke weg. Als sie meine Nacktheit bemerkte, verzog sie keine Miene. Als ob ihr das gar nicht aufgefallen wäre, gab sie mir einen Kuss und billigte mir genau fünf-zehn Minuten zu, um zu duschen und mich anzuziehen. Das anschließende Frühstück war typisch französisch. Eine Schale Kaffee und ein Croissant, c´est tout.

Marie schlug vor, mir die alte Innenstadt von Fez zu zeigen. Warum nicht, dachte ich, sie wird schon wissen, was am sehenswertesten ist. Sie holte zwei Fahrräder aus der Garage und die Tour ging los.

Augenscheinlich kannte sich Marie von den Vororten bis zum alten Stadtkern sehr gut aus. Immer dann, wenn sie mir einen schönen Ausblick oder eine Sehenswürdigkeit zeigen wollte, hielten wir an, und sie plapperte wie ein routinierter Fremdenführer. In der Altstadt angekommen schlossen wir die Räder ab und sicherten diese noch mit Ketten. Zuerst steuerten wir einen Wasserbrunnen an, wo wir uns erfrischten. Danach ging es in ein Café. Bei einem Glas Pfefferminztee erklärte mir Marie die Topografie von Fez. Ich hörte aufmerksam zu, während ich sie interessiert ansah.

»Hörst du mir zu oder lässt du deine Fantasien spielen, was wir beide noch alles so tun könnten?«, fragte sich mich ganz unverblümt. Ihre Hände glitten über meine Wangen.

Ich rekapitulierte zwar ihre letzten Erläuterungen und zeigte, wie aufmerksam ich doch zugehört hatte, konnte aber meine Überraschung nicht verbergen. Ohne eine weitere Reaktion von mir abzuwarten, sagte sie lächelnd, es sei für alles genug Zeit, man müsse nur richtig planen. Sie stand auf, ging auf den Kellner zu und zahlte. Mich verblüffte diese ausgeprägte Selbstsicherheit von Marie doch sehr.

Die Basare in dieser Vielzahl waren mir unbekannt, die Farbenpracht, die freundliche Stimmung der Händler und Marie mitten in diesem Rummel faszinierten mich. In einem Bekleidungsgeschäft zog sie sich einen weißen Brokat-Kaftan über und sah mit ihren kurzen blonden Haaren und dieser gespielten Unschuldsmiene aus wie ein Engel. Ich wollte nicht, dass sie den Kaftan auszieht, aber wir mussten weiter. Ich schenkte ihr den Kaftan und sie bedankte sich mit einem langen Kuss.

Aus einer kleinen Gasse heraus gelangten wir zu einem pittoresken Platz. In den kleinen Geschäften und bei den Straßenhändlern an den Mauern und zwischen den Bäumen konnte man alle denkbaren Kräuter und Dinge aus der Porzellanmanufaktur erwerben. Besonders auffällig waren die unterschiedlich krassen Farben der Kräuter und Gewürze. Einer der Straßenhändler trug einen weißen Kittel, auf dem das Wort »Toubib« gut lesbar eingestickt war. Dieses arabische Wort bedeutet Arzt. Sein Stand war penibel geordnet und sauber und sog somit Aufmerksamkeit an, auch meine. Hinter diesem »Toubib« verbarg sich natürlich kein Arzt, sondern er nutzte nur den Namen, um Vertrauen zu erwecken. Er sprach kein Wort Französisch oder Englisch. Meine Frage, welches Gewürz er für Salat empfehlen würde, konnte oder wollte er nicht verstehen. Erst als Marie übersetzte, äußerte er sich freundlich und holte bei seinen Anpreisungen sehr weit aus.

»Und wofür ist dieses Gewürz?«, wollte ich wissen, wobei ich auf ein beige-gelbes Puder zeigte.

»Das ist für Suppen und für Fischgerichte«, übersetzte Marie.

»Und wofür ist dieses rötliche Kraut?«

»Für alle Fleischgerichte.«

»Und dieses Kraut dahinten?«

»Dabei handelt es sich um ein Zauberkraut. Es soll verhindern, dass der Mann fremdgeht.«

Aha! Also auch hier in Fez gab es diese Hexenkräuter, die angeblich unglaubliche Wirkungen entfalten sollen. Glaube es, wer will, aber dass Kräuter das Verhalten eines Menschen bestimmen können, wollte ich schon in Tanger nicht wahrhaben. Das sagte ich Marie, und sie beeilte sich, dieses auf Arabisch dem Händler weiterzugeben. Der grinste mich nur an, fast mitleidig.

Das Frage-und-Antwort-Spiel ging noch eine Weile weiter, bis Marie etwas so leise zu dem »Toubib« sagte, dass ich ihre Worte schon akustisch kaum mitbekam. Der »Toubib« griff in seine Tasche und zog einen winzigen schwarzen Plastikbeutel heraus. Marie bezahlte und erläuterte mir, sie würde uns damit einen aromatischen Tee zubereiten.

Die Tour dauerte nun schon fünf Stunden und wir wurden müde. Der Rückweg war beschwerlich. Der Sprung in den Pool war eine Belohnung für die überstandenen Strapazen und der Nachmittagsschlaf auf den Liegen im Garten eine wahre Wonne. Am Abend wiederholte sich die Gesprächszeremonie am Tisch, nur waren ein paar Gäste eingeladen worden, so dass Jean gar nicht erst ansetzte, mit mir die gestrige Debatte fortführen zu wollen.

Nach dem Essen gingen Marie und ich in den Garten, während die Erwachsenen Canasta spielten. Es war eine schöne, wolkenlose Nacht. Marie hatte uns einen Kräutertee gemacht und wir erzählten uns viele Geschichten aus unseren jeweiligen Leben. Es wurde spät, und wir beschlossen, schlafen zu gehen. Marie gab mir noch ein Glas Wasser und einen Kuss. Am nächsten Tag wollten die Eltern mit uns eine Besichtigungstour machen.

Ich trank das Wasser und schlief schnell ein. Wohl nach kurzer Zeit ließ mich eine äußerst starke Erektion wieder aufwachen. Ich ging unter die Dusche, aber auch das kalte Wasser half nicht. Danach legte ich mich wieder hin, denn irgendwie musste ich doch Schlaf finden. Marie kam plötzlich herein, bezaubernd aussehend in dem neuen Kaftan, zog die Bettdecke wieder weg und fragte mich, ob ich immer noch nicht an die Kräfte der von mir titulierten Hexenkräuter glaube. Das steckte also dahinter. Sie hatte beim »Toubib« ein starkes Aphrodisiakum gekauft und es ins Wasser gemischt. Ich konnte ihr nicht böse sein, wie denn auch?

»Es gibt aber ein Gegenmittel!«, sagte sie und stieg in mein Bett.

Maries Eltern gaben sich bei der Rundfahrt sehr viel Mühe. Es war ein schöner Tag. Natürlich bemerkten sie die Anhänglichkeit, mit der Marie mich überzog. Mit keinem Wort aber ließen sie es sich anmerken, und Jean gab auch keine frechen Bemerkungen von sich.
Es kam der Tag des Abschieds.
»Es war sehr schön mit dir, alles!«, flüsterte mir Marie zu.
Ihre Worte blieben mir lange im Ohr, und meine Stimmung während der Rückfahrt nach Tanger war betrübt.

Kurz vor Tanger verlor ich in einer Kurve beinahe die Gewalt über das Fahrzeug, konnte aber durch Gegenlenken und leichtes Bremsen den Wagen noch rechtzeitig zum Stehen bringen. Ich hatte einen »Platten«, was auch der in unmittelbarer Nähe stehende Schafshirte bemerkte und meinte, mir dies sinnigerweise mitteilen zu müssen. Eine dicke Schraube hatte sich in die Karkasse regelrecht hineingebohrt, sodass der Reifen sehr schnell Luft verlor. Der Reifenwechsel ging problemlos vonstatten, meine schmutzigen Hände wollte ich aber im schmalen Streifen von Straßenrandunkraut noch oberflächlich reinigen. Dazu setzte ich mich auf einen größeren Stein, der eine bequeme Sitzfläche aufwies. Ich entschied, den Stein als Sitzstein für die hinterste Gartenecke mit nach Hause zu nehmen. Kaum hatte ich ihn umfasst, merkte ich einen schmerzhaften Stich. An meinem Daumenballen hing plötzlich ein Skorpion. Natürlich schrie ich auf, war der Schreck doch groß. Der Hirte erkannte die Situation sofort und kam auf mich zu gerannt. Er sprach sehr schnell, nahm ein Taschenmesser und streifte das Tier von meiner Hand ab. Dann signalisierte er mir mit dem Messer, die Stichwunde müsse aufgeschnitten werden. Mit entsprechender Mimik deutet er an, dass dies nicht so schlimm sei. Was tun, dachte ich und hielt ihm meine Hand hin. Er berührte den Daumenballen mit seinem Messer kaum, aber der dünne Schnitt von gut 2 Zentimetern ließ die Wunde gut bluten. Da merkte ich, wie scharf das Messer war. Er drückte vorsichtig den Ballen, wobei noch mehr

Blut auf den Boden tröpfelte. Dann holte er aus seiner Hosentasche einen Stoffknäuel und faltete diesen auseinander. Es waren nur Blätter zu sehen. Er nahm ein Blatt und legte es auf die Schnittstelle. Dann kramte er aus seiner anderen Hosentasche einen Bindfaden, forderte mich auf, ein Taschentuch als Bandage um die Hand zu legen, und band das ganze Werk fest.

Ich weiß nicht, warum, aber ich hatte Vertrauen in diesen Mann. Er schien zu wissen, was er da machte, wohl aus eigener Erfahrung. Ich gab ihm als Dank umgerechnet 5 Euro, die er zunächst nicht annehmen wollte. Als ich aber nachdrücklich darauf bestand, verbeugte er sich natürlich hoch erfreut.

In Tanger angekommen sagte mir der Arzt, dass ich eine bessere Erstversorgung nicht hätte bekommen können. Das Blatt habe als Gegengift gewirkt und somit eine Entzündung und weitere Folgen verhindert.

Abitur und wehmütige Abreise

Das französische Schulsystem kennt nur das Zentralabitur. Die größten staatlichen französischen Gymnasien in Marokko befanden sich in den Städten Tanger, Rabat, Meknès und Casablanca. Alle Schüler dieser Gymnasien wurden zu den schriftlichen (drei Tage) und mündlichen (zwei Tage) Abiturprüfungen nach Rabat beordert. Es wurde sichergestellt, dass kein Lehrer aus einer Stadt Arbeiten eines Schülers aus der gleichen Stadt korrigierte. Die Themen waren in versiegelten Umschlägen aus Frankreich über die französische Botschaft gekommen, die vor uns geöffnet wurden.

Meine Eltern überließen mir einen VW-Käfer und mit vier Klassenkameradinnen und Kameraden fuhren wir zwei Tage vor Beginn der Prüfungen nach Rabat. Ganz in der Nähe des Prüfungsortes mieteten wir uns in ein einfaches Hotel ein. Jeder hatte ein eigenes Zimmer, denn jeder wollte für sich „wiederholen". Wir waren so aufgeregt, dass die Wiederholungen sich auf wenige Stunden konzentrierten. Zusammen lenkten wir uns ab.

Mathematik, Chemie, Physik, und, und, und – alles lief bei uns gut. Unsere Lehrer hatten ganze Arbeit geleistet und uns gut vorbereitet. Worauf sie uns aber nicht vorbereiten konnten, war die hoch bewertete Prüfung in Französisch (Anfertigung einer Abhandlung: Thesen, Antithesen, Synthese). Welches Thema, welcher Autor? Hier waren wir auf uns selbst gestellt. Das Thema lautete: »Kann die Erziehung zur Freiheit antiautoritär erfolgen?«

Meine in Tanger gesammelten Erfahrungen, die Gespräche mit meinen Eltern, Freunden und die Diskussionen mit Mimoun hatten mir offenbar geholfen, überzeugende Argumente für die Verneinung der Prüfungsfrage zu finden. Die Einzelnote, die ich für diese Arbeit bekam, war ein gute »2«. Damit hatte ich mit Auszeichnung das Abitur im ersten Durchgang bestanden. Alle meine Mitleidenden, die im Gesamtergebnis unter der für uns magischen »3 minus« lagen, mussten den zweiten Durchgang durchlaufen.

Wenige hatten kein Glück!

Die Abiturfeier im Casino in Tanger wurde ein rauschendes Fest (siehe Bild 16). Es sollte zunächst das letzte große Fest für mich sein, denn ich hatte entschieden, nach langen und sehr intensiven Gesprächen mit meinen Eltern, die Familientradition sowohl väterlicher- wie auch mütterlicherseits zu wahren und Jura in Deutschland zu studieren. Meine Wahl fiel auf Hamburg, zumal meine Schwester in Lübeck wohnte und ich zunächst bei ihr Unterschlupf finden konnte. Für mich begann eine neue Lebensepisode, die ich noch aufzeichnen werde.

Fotoalbum

Bild 1

Straße von Gibraltar und Spanien, von Marokko aus sehend.

Bild 2

Meine Schwester /halb stehend

Bild 3

Die super Constellation

Bild 4

Gina

Bild 5

Lollo

Bild 6

Die Treppe, mit meiner Mutter (links außen) und meiner Schwester

Bild 7

Unser Haus in Tanger, Beni Makada

Bild 8

Die Familie, mit Robby im Garten in Beni Makada

Bild 9

Mein Vater (rechts) mit Henneke Kardel (Dritter von rechts)

Bild 10a

LYCÉE FRANÇAIS

DISTRIBUTION DES PRIX

Année Scolaire 1962 1963

Prix et accessits mérités par l'élève

MARTINSON   Harold

de la classe de   6ème Commerciale Garçon,

Mention de Prix d'Excellence
Prix de Tableau d'Honneur

1er Prix d'Orthographe et de Grammaire
1er Prix de Récitation
1er Prix d'Histoire et de Géographie
1er Prix de Mathématiques
2e Prix d'Initiation Économique
3e Accessit de Sciences Naturelles
4e Accessit de Chant.

Tanger, le   2 9 JUIN 1963

Bild 10b

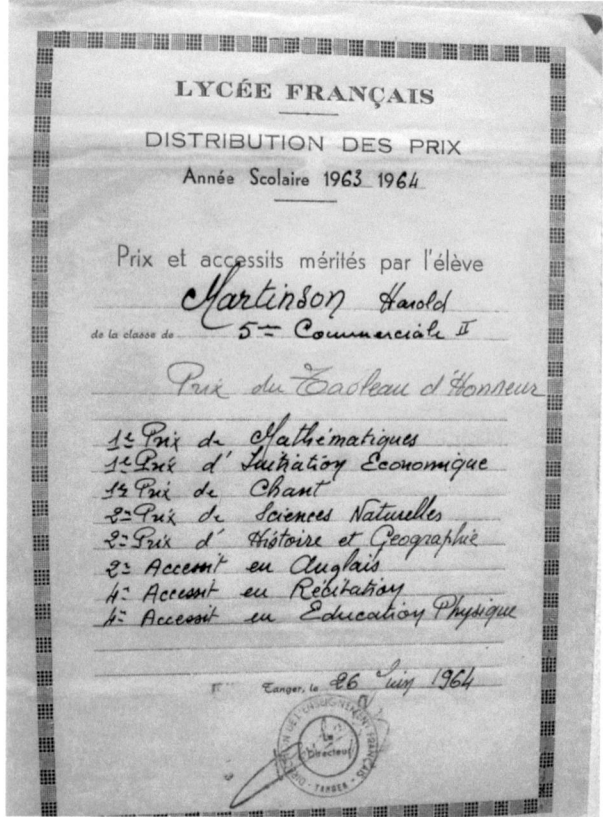

LYCÉE FRANÇAIS

DISTRIBUTION DES PRIX

Année Scolaire 1963 1964

Prix et accessits mérités par l'élève

Martinson Harold

de la classe de _____ 5ᵉ Commerciale II

Prix du Tableau d'Honneur

1ᵉ Prix de Mathématiques
1ᵉ Prix d'Initiation Economique
1ᵉ Prix de Chant
2ᵉ Prix de Sciences Naturelles
2ᵉ Prix d'Histoire et Geographie
2ᵉ Accessit en Anglais
4ᵉ Accessit en Récitation
4ᵉ Accessit en Education Physique

Tanger, le 26 Juin 1964

Le Directeur

Bild 11

Mein erstes Moped

Bild 12

„Biche", mein Sloughi

Bild 13a

Meine Mutter und ich, nachdenkend

Bild 13b

Meine Mutter und ich, nachdenkend

Bild 14

Mein erstes Auto

Bild 15

Allouch im Kampf

Bild 16

Abiturball, Momentaufnahme

Bild 17

Mein Reiseauto